Michael Markaris

Die Mykonos Love Story 2

AF187543

Michael Markaris

DIE MYKONOS LOVE STORY 2

2

Prequel 1
Kommissar Pandis und Angelos

Bisher erschienen (oder in Kürze)
Band 1 „Griechische Brandung
Band 2 „Jenseits von Mykonos"
Band 5 „Mykonos Love Story 1"
Band 6 "Mykonos Love Story 2 – Das Goldene Ei"
Band 7 "Mykonos Love Story 3 – Morgenröte über
Mykonos"
Band 8 "Mykonos Love Story 4 – Mykonos Speed"

Impressum
Titelbild: Istockphoto, Karte Wikivoyage
Copyright Michael Markaris 2019
ISBN 9783748166214
Herstellung und Verlag: BoD Books-on-
Demand, Norderstedt

Das Mykonos-Sextett beruht auf den Drehbüchern für eine TV-Krimi-Reihe. Die Das Mykonos-Sextett besteht aus den Bänden „Griechische Brandung" und „Jenseits von Mykonos" sowie der „Mykonos Love Story" 1-4.
Jeder Band behandelt einen abgeschlossenen Fall, sodass die Bände nicht in der Reihenfolge gelesen werden müssen.

Lediglich die vier Bände „Mykonos Love Story" (Band 5 bis 8) gehören thematisch zusammen, da in ihnen die Beziehung zwischen Kommissar Pandis und seinem Geliebten (und späteren) Ehemann Angelos das Grundthema darstellen.
Die ersten zwei Bände, also die reinen Kriminalromane, wurden von Sven M. Schlick verfasst, die Bände 5-8 von Michael Markaris.
Die Bände 3 und 4 können aus juristischen Gründen erst zu einem späteren Zeitpunkt erscheinen.

Am Ende von „Mykonos Love Story" sind Kommissar Pandis und Angelos gestorben. Der zweite Teil ist das erste Prequel und behandelt die (glücklichen) Monate vor den tragischen Ereignissen.

Während Band 1 auf wahren Begebenheiten beruht, sind die Prequels hinsichtlich der Kriminalfälle natürlich Fiktion.
Dort, wo private Momente zwischen Paul Pandis und Angelos geschildert werden, entsprechen die Darstellungen aber ohne Abstriche der Wahrheit.

Für Angelos
You´re my river runnin´ high

PROLOG

St. Petersburg, 10.12.1918

Schüsse peitschen ihm um die Ohren.
Aber er musste weiter.
Hinter ihm hörte er seine Mutter.
Heftig um Atem ringend.
Würde sie durchhalten?
Sie musste. Er musste.
Seinem Vater zuliebe. Er hatte es
versprochen.
Es war nur noch ein Kilometer.
Ein Kilometer in die Freiheit.
Wieder ertönten Schüsse. Und Geschrei.
Gestrüpp. Sumpf.
Gott, wie er diese Gegend hasste.
Von wegen Mütterchen Russland.
Er sehnte sich nach London und Paris.
Nicht nach Luxus, sondern nach Freiheit.
In seinem Land wurde es finster.
Deswegen sind alle schon gegangen.
Sein Vater sechs Wochen früher.
Und er hatte es geschafft.
Aber er und seine Mutter hatten gezögert.
Zu lange. Aber es ging nicht nur um ihn.
Sondern auch um die Arbeit seines Vaters.

Auf der anderen Seite warteten finnische Nationalisten, die ihm helfen würden. Und zur Not auch über die Grenze gehen würden.

„Eugene. Ich kann nicht mehr!" Seine Mutter.

„Halt durch. Denk an Vater!"

Wieder Schüsse. Doch dieses Mal kamen sie aus der anderen Richtung. Er sah Männer hinter einer Lichtung.

Sie riefen in einer seltsamen Sprache. Finnisch.

Noch über diese Lichtung, dann würde er in Freiheit sein.

Er holte das letzte aus seinem Körper. Seine Mutter fiel.

Er rannte zurück, hob sie hoch und warf sie über die Schulter.

Ein Schuss und dann ein Schrei.

Seine Mutter war getroffen. Gott, Hilf!

Er erreichte den Rand des Wäldchens. Birken.

Und fiel hin. Sofort sah er nach seiner Mutter.

Sie hatte eine Streifwunde an der Schulter. Schmerzhaft, aber nicht wirklich gefährlich.

Die Männer um ihn zogen ihn hoch,
nahmen ihn unter die Arme. Ein kräftiger
Finne trug seine Mutter, die stöhnte.
Der Schock.
Er war nur erschöpft und dankbar.
Sie hatten es geschafft.
Er, Eugene Fabergé und seine Mutter.
Der Sohn des Juweliers des Zaren und der
Zarin.
Sie alle hatten die Schrecken der
Revolution überlebt und würden ihre Arbeit
fortsetzen können.
In London, Paris oder Baden-Baden. Viele
russische Adlige waren in die deutsche
Kurstadt geflohen.
Aber nicht nur er und seine Mutter hatten
überlebt.
Im Gepäck, das er auf dem Rücken trug,
befand sich das letzte Zaren-Ei, das
Fabergé schon für das nächste Osterfest
gefertigt hatte. Er begann mit der Arbeit
immer bereits im Sommer.
Wer konnte schon ahnen, dass es den
Zaren nicht mehr geben würde?
Noch lebte der Zar, aber diesen Barbaren
war alles zuzutrauen.
Sein Vater konnte das Zaren-Ei nicht
mitnehmen, denn er wusste, er würde bis

auf die Unterhose gefilzt werden. Also brachte er es vor seiner Abfahrt zu Großfürst Michael, einem engen Freund. Zusammen hatten die beiden die glorreichen Zeiten St. Petersburgs erlebt. Die Bälle, die Empfänge des Zaren und die grandiosen Gastspiele internationaler Künstler. Alles perdu.

Nun herrscht der Pöbel und die Stadt war grau geworden. Jeder Glanz verloren. Und Glanz war das sprichwörtliche Geschäft eines Juweliers.

Großfürst Michael hatte sich durch Bestechung bisher die Henker vom Hals gehalten. Aber auf Dauer würde es nicht funktionieren.

Als er, Eugene Fabergé, das Ei wie vereinbart beim Großfürst abholte, sagte dieser:

„Sie werden uns alle töten. Denn nur wenn wir leben, können wir ihnen gefährlich werden."

„Gott schütze Dich, Michael!"

Michael lächelte gequält.

„Der kann uns auch nicht retten! Nicht mal den Zaren".

Aber so der Herrscher von Gottes Gnaden überleben würde, so würde er dieses Ei erhalten, egal zu welchem Osterfest.

Der Zar überlebte nicht und konnte so das
Ei nie in Empfang nehmen.
Genau 100 Jahre später sollte dieses
Fabergé-Ei auf zum ersten Mal wieder-
auftauchen.
Auf Mykonos.

1

Kommissar Paul Pandis saß in seinem Lieblingscafé da Vinci an der Uferpromenade und genoss den windstillen und dennoch nicht zu heißen Tag.

Es war ein herrlicher Frühlingstag, auch wenn auf Mykonos optisch nichts auf Frühling hindeutete, denn blühen konnte hier nichts. Zu windig, zu wenig Wasser. Man konnte es nur am Kalender erkennen, an den wieder geöffneten Geschäften und natürlich am Thermometer. Ende April hatte es wieder 25 Grad, Pandis´ Lieblingstemperatur. Die schreckliche Hitze des Sommers war seine Sache nicht. Warum Tausende Touristen bei 35 Grad auf diese Insel kommen, hat er noch nie verstanden. Obwohl er als Festlandsgrieche an Hitze gewöhnt war, er hasste sie. Gerne wäre er im Juli oder August mal nach Nord-Schweden oder Norwegen gefahren. Zum Abkühlen. Leider ging das nicht, denn mitten in der Saison hatte die Polizei auf Mykonos genug zu tun.

Nicht immer gab es einen Mord, aber den üblichen Touristen-Kram. Gestohlene

Handtaschen, Prügeleien und Ruhestö-
rungen.

„Jassas, Herr Polizeipräsident!"
Sein bester Freund, Aris, kam an Pandis´
Tisch.

„Der Blitz soll Dich treffen. Schöner
Polizeipräsident. Normales Gehalt, also
praktisch nichts und vier Mitarbeiter."

„Aber vom Ministerpräsidenten persönlich
ernannt. Wegen außerordentlichen
Verdiensten um das Vaterland."

Pandis grinste.

„Dann sollte mich das Vaterland auch
anständig bezahlen."

Seine Beförderung hatte er der Affäre
„Morgenröte" (MLS 3)) zu verdanken. Gut,
Affäre war eine Untertreibung. Es war eher
eine Verschwörung. Und mit zwei Morden
auf Mykonos. Von den Toten auf Zypern
ganz zu schweigen. Aber das war Schnee
von gestern.

Pandis sehnte sich nach Ruhe.

Und hoffte auf einen mordfreien Sommer.
Frisch verheiratet mit Angelos, einem 28-
jährigen Angehörigen des Griechischen
Geheimdienstes EYP, benötigte er seine
Energie für etwas anderes. Endlich hatte er

einmal Glück in seinem Leben – und es war noch immer perfekt.

Aris hingegen erwartete von diesem Sommer eine volle Geldkassette. Als Autovermieter hatte er es nicht so mit Registrierkassen. Das waren Geldvernichtungsmaschinen. Geld wurde wie mit einem Staubsauger nach Athen gesogen und verschwand dort – wie seit Jahrzehnten – in einem großen, schwarzen Loch. Da war es doch vernünftiger, das Geld bleibt bei ihm, da war es sinnvoll angelegt.

Kommissar Pavlos Pandis wusste natürlich um die zweifelhafte Zahlungsmoral seines Freundes. Aber er war kein Steuerfahnder und Aris war ihm oft eine große Hilfe. Bei den letzten Mordfällen kam so manch wichtiger Hinweis von ihm.

Und auch dieses Mal sollte es so sein.

„Wie geht es Angelos?", fragte Aris.

„Wenn man mit mir verheiratet ist, kann es einem nur gutgehen. Im Ernst: wir haben noch nicht einmal gestritten. Der Mann ist ein Phänomen. Es gibt nichts, absolut gar nichts, was mich stört."

„Oh herrje, wir sind noch immer im ‚Angelos-ist-Gott-Modus'", sagte Aris lachend.

„Oh ja. Dieser Körper und seine sonstigen Fähig..."

„DANKE! Mehr will ich gar nicht wissen!"

Dann wurde Pandis ernst.

„Außer seinem Beruf. Immer, wenn er einen Einsatz hat, packt mich das Grauen."

„Dann sorge doch einfach dafür, dass Angelos wieder einen Einsatz hier auf Mykonos hat!"

Das hatte er gerade erst. Bei der Morgenröte. Pandis wurde richtig schlecht, denn Angelos geriet dabei in einen Schusswechsel der üblen Art.

„Du meinst, ich soll einen Mord begehen, dass mein Ehemann bei mir bleiben kann? Eigentlich eine gute Idee!"

Das Telefon läutete.

Besser gesagt, das Handy. Pandis hasste dieses Gerät. Wie schön waren doch die Zeiten, als man noch nicht überall erreichbar war. Und verpasst hat man früher auch nichts. Das Handy war das Symbol für die neuen Zeiten. Jeder sagte seine Meinung zu allem, aber keiner will sie hören. Hauptsache, das Gerülpse jedes Trottels war überall zu hören und zu lesen.

Der Anruf kam aus seinem Büro.

Dann musste es etwas Dringendes sein.

Denn es galt ein absolutes Anrufverbot für das „Da Vinci" – ausgenommen Mord.

„Chef, hier Giorgos!"

„Danke für den Hinweis. Nach drei Jahren kenne ich Deine Stimme. Was gibt´s, dass Du mich störst?", raunzte Pandis.

„Äh, ja, wie soll ich´s sagen?"

„Ich würde es mit Sprechen versuchen, Giorgos!".

Pandis wurde zunehmend gereizter.

Giorgos würde es nie schaffen, eine Sache kurz und präzise zu formulieren.

„Der Bürgermeister möchte Sie gerne sehen."

Der Bürgermeister? Der könnte ihn mal.

„Der soll gefälligst warten!"

„Er sagt aber sofort!"

„Sag ihm, der Herr Polizeipräsident kommt nach seinem Espresso. Ende!"

Unverschämtheit.

Bestimmt ginge es um eine Katze auf einem Garagendach oder einen gestohlenen Geldbeutel.

„Du scheinst auch mit dem neuen Bürgermeister auf Kriegsfuß zu stehen!"

Aris lachte.

„Dabei ist er aus Deiner Partei!"
Pandis lächelte.
„Das spielt keine Rolle. Sokrates ist genauso ein Trottel wie Theodorakis!"
„Vielleicht solltest Du das nächste Mal kandidieren?"
Pandis lachte laut.
„Mich würde keiner wählen. Ich kann nun mal meine Klappe nicht halten. Und unter den Hoteliers habe ich keine Freunde. Die würden eher den Wahlkampf eines Kamels finanzieren, um mich zu verhindern. Außerdem bin ich mir nicht sicher, ob man selbst auf Mykonos einen Schwulen als Bürgermeister wählen würde."
„Wenn Du Angelos mit nacktem Oberkörper plakatierst, anstatt Deines grimmigen Gesichtes, bekommst Du die Stimmen aller Gays und Frauen!", meinte Aris lachend.

Nichts da. Mein Oberkörper. Mein Ehemann.

Also ging der Kommissar ins Rathaus.
Sicher wieder eine Lappalie.

Doch da sollte sich Kommissar Pandis
täuschen.
Es ging um ein Fabergé-Ei.
Wert: sechs Millionen Euro.

2

Es erwartete ihn eine unschöne
Überraschung.

„Der Herr Bürgermeister ist im Sitzungs-
zimmer, zusammen mit dem Hotelverband", sagte Maria, die Chefsekretärin.

Der Hotelverband, die Höchststrafe für
jeden Bürgermeister und kommunale
Angestellte.

Ein Becken voller Krokodile ist dagegen im
Vergleich ein Wohlfühlbad.

Keiner betrügt bei der Steuer so schamlos.
Andererseits soll die Kommune – also die
Allgemeinheit – für volle Hotelkassen
sorgen.

Hafen, Flughafenrenovierung, Straßen
erneuern, neue Veranstaltungen…

Fragt man vorsichtig nach einem
Finanzierungsbeitrag der Hoteliers, so blickt
man in Gesichter, die einen drohenden
Schlaganfall anzeigen. Sogleich folgt
reflexartig der Verweis auf die Arbeitsplätze,
die bei noch weniger Umsatz in Gefahr
wären.

Beim Gedanken an die Arbeitsbe-
dingungen schwoll Pandis immer der
Kamm. Zwölf-Stunden-Tage und dies oft

von April bis Oktober, zum Teil ohne freie Tage und das bei miserabler Bezahlung. Und Bulgaren oder Afrikaner wurden noch schlechter bezahlt als Griechen.

Und mit diesen Hyänen sollte er jetzt sprechen?

Es würde – wie immer – in einem Eklat enden.

Schon beim Betreten des Raumes konnte er am Gesicht von Bürgermeister Sokrates erkennen, dass dieser am Ende seiner Nerven war.

„…und denken Sie an die Arbeitsplätze, die in Gefahr sind!", geiferte Direktor Trapani vom Metropol. Italiener. Erst haben wir sie aus dem Land geworfen und jetzt sind sie durch die Hintertür doch wieder da, dachte Pandis, aber ernst gemeint war es nicht. Die Deutschen waren viel zahlreicher auf Mykonos – und ohne sie wäre es finster auf der Insel. Italiener und Deutsche waren die wichtigsten Gäste. Aber als Hoteliers kaum zu ertragen.

„Ich weiß gar nicht, was Sie wollen. Wir hatten einen Rückgang von gerade mal drei Prozent im letzten Jahr. Schon mal was

von Wirtschaftskrise gehört?", keifte der
Bürgermeister zurück.

„Vielleicht sollten wir bei der nächsten Wahl
mal die Linken unterstützen", meinte
Trapani.

Da haben wir es, dachte Pandis.
Opportunisten, die nur auf ihren Vorteil
bedacht sind.

Direktor Lekkas vom Mykonos Spa Resort
versuchte, die Lage etwas zu beruhigen.
„Halten wir uns doch an die Fakten. Was
uns beunruhigt, ist der dramatische
Rückgang bei den russischen Gästen. Über
zehn Prozent im letzten Jahr. Natürlich eine
Folge der dämlichen Sanktionen, die
unsere ganze Wirtschaft belasten. Und
jeder weiß, dass gerade die Russen
unglaublich viel auf dieser Insel ausgeben."
Da hatte Lekkas recht, dachte Pandis.
Niemand protzte so mit seinem Geld wie
Russen. Champagner für 5000 Euro? Kein
Problem. Mit einem Maserati über die
Schlaglöcher von Mykonos? Macht keiner –
außer Russen.

„Der Umsatz ist also stärker gesunken als die
Gästezahl ausweist."

Gut, Lekkas, aber was soll die Kommune Mykonos unternehmen? Herrn Putin einen Brief schreiben? Oder aus der EU austreten? Pandis sah in die Runde und blieb auch weiterhin ruhig. Das alles hat mit seiner Polizei nichts zu tun. Und auf diese Trennung von Politik und Polizei achtete er penibel. In nur fünf Minuten sollte es aber mit seiner Ruhe vorbei sein.

Mangas vom Tropicana meldete sich zu Wort.
„Wir können nicht auf die große Politik warten. Wir müssen selbst etwas tun, um Mykonos attraktiver für Russen zu machen."
Bla, bla. Und dann kam es.
„Ich hatte die Tage ein höchst interessantes Gespräch mit einer Dame aus dem Kultus-ministerium."
Pandis erstarrte zur Salzsäule.
Dame, Kultusministerium?
BITTE NICHT. Das kann nur meine Ex-Frau sein. Eleni Papadopoulos. Sie hatte wieder ihren Mädchennamen angenommen.
Hoffentlich wusste Lakkas nicht, dass die Dame seine Verflossene (leider nicht Verstorbene) ist.
Da hörte Pandis…

„…und meines Wissens ist die Frau die frühere Gattin unseres verehrten Polizeipräsidenten!"

Das „Polizeipräsident" sprach Lakkas mit der größtmöglichen Portion Sarkasmus aus.

25 Jahre habe ich an diese Frau verschwendet, Und selbst nach der Scheidung sucht sie mich jedes Mal irgendwie heim. Natürlich nicht mit Absicht, aber Griechenland ist manchmal ein Dorf.

Verflucht.

Und jetzt, da er mit Angelos verheiratet war, wollte er sie erst recht nicht hier haben. Obwohl: im Grunde genommen würde es ihm gefallen, wenn sie sähe, wie glücklich er ist.

„Vielleicht haben Sie die Güte, uns allen zu erklären, um was es eigentlich geht."

Lakkas lächelte.

„Ihre Frau – Pardon, Ihre Ex-Frau, - übrigens eine sehr charmante Dame…"

Und nachher haue ich Dir eine rein, dachte Pandis.

„…hat mir von einer spannenden Geschichte erzählt. Vor wenigen Wochen kam die Meldung, ein neureicher Russe sei im Besitz eines bisher unbekannten

Fabergé-Eis. Es soll das letzte sein, gefertigt als Ostergeschenk für den Zaren im Jahre 1918. Bisher ging man davon aus, dass das Ei 1917 das letzte gewesen war. Seit der Meldung streitet die Fachwelt, ob es ein solches Ei geben könne. Angeblich soll es in Kürze von Kunstexperten begutachtet werden. Die Familie und die Firma haben schon Klage angekündigt. Jedenfalls sind diese Juwelier-Eier eine Art National-heiligtum der Russen. Ein neues Ei würde garantiert Tausende reicher Russen nach Mykonos locken. Man müsste nur den Russen überzeugen, mit dem Ei zu uns zu kommen. Mit Geld kann man diese neureichen Russen natürlich nicht beein-drucken. Vielleicht könnte man ihm ein Grundstück überlassen..."

Pandis platzte fast.

So läuft es immer. Die Herren Hoteliers wollen einsacken und die Kommune soll ein Grundstück liefern. Als ob wir überhaupt noch eines hätten. Ist doch ohnehin schon alles zugebaut.

Aber das war ja nicht die Hauptsache.

„Bei allem Respekt. Das klingt wie eine Räuberpistole. Stellt sich das Ei als

Fälschung heraus, wovon ich überzeugt bin, machen wir uns der Beihilfe zum Betrug schuldig. Viel schlimmer wäre, wenn das Ei sich als echt herausstellt. Wo sollten wir es ausstellen? In unseren Museen, in denen nicht mal die Alarmanlagen funktionieren? Und wer sollte das Ei bewachen? Ich mit meinen vier Mann? Oder soll ich einen Bereitschaftszug aus Athen anfordern? Dann bräuchten wir noch die Marine zur Absicherung des Wasserwegs. Von der Empörung der Öffentlichkeit über das Grundstück ganz zu schweigen!"

Pandis tobte und ausnahmsweise nickte der Bürgermeister.

3

Lakkas lächelte.

„Ihre Frau hat diese Reaktion vorherge-
sehen. Punktgenau. Pandis, ob das Ei echt
ist oder nicht, spielt keine Rolle. Natürlich
drucken wir keine Plakate mit dem Namen
Fabergé. Aber allein das Medienecho
weckt die Neugier der Menschen. Darum
geht es. Um Sicherungspersonal könnten wir
uns teilweise kümmern. Als Ausstellungsort
käme Delos infrage oder ein größeres
Schiff. Es fehlt Ihnen an Phantasie und
Willen, Herr Polizeipräsident!“

„Typisch Bürokrat“, kam von Trapani.

„Der Bürokrat wird Ihnen gleich…“
Der Bürgermeister unterbrach Pandis
gerade noch rechtzeitig.

„Meine Herren, bitte...“
Das Sicherungspersonal bestünde
wahrscheinlich aus Küchenpersonal aus
Schwarzafrika mit vier Euro Stundenlohn.
Die Versicherung würde begeistert sein,
dachte Pandis.

„Ich finde, wir machen uns lächerlich!“,
warf er in die Runde. Aber Pandis wusste,
diese Trottel würden es tatsächlich
durchziehen wollen.

Vorbei wäre es mit dem ruhigen Sommer. Nichts würde funktionieren wie geplant und alles würde an ihm hängenbleiben.
Die Herren Hoteliers würden sich um nichts kümmern. Der Bürgermeister stimmt bestimmt zu, denn ER hätte dann seine Ruhe und könnte die Lorbeeren ernten. Bei einem Fehlschlag stünde der Herr Kommissar als verantwortlicher Depp da.
Aber Pandis hatte einen letzten Trumpf in der Hand.

„Wie kommen Sie überhaupt auf die Idee, dass besagter Russe überhaupt in Erwägung zieht, sein Ei hier auf Mykonos auszustellen?"

Pandis wurde unwohl, weil Lakkas immer breiter grinste.

„Ich denke, da können wir auf die Hilfe seiner Freundin zählen."

„Wie kommen Sie darauf?"
„Nun" – Lakkas explodierte fast vor Schadenfreude -, seine Freundin ist Ihre Ex-Frau!"

Zur Krönung kam noch hinterher:
„Weiß sie eigentlich, dass Sie neuerdings
den Sugar-Daddy spielen?"

Sugar-Daddy?

4

Bei allen Fragen über schwules Leben, das
Pandis ja erst mit 53 kennengelernt hatte,
war Miguel sein Ansprechpartner.
Miguels Freund wurde vor wenigen
Monaten ermordet. Pandis hatte den Täter
dingfest gemacht – und Miguel hatte den
Mörder seinerseits getötet.
Pandis hatte es aus Mitleid vertuscht.
Und war damit durchgekommen.
Nicht astrein, aber gerecht.
 Miguel war ihm natürlich sehr dankbar –
und sehr hilfsbereit zu der Zeit, als es mit
Angelos begann. Der hatte sein Coming-
Out zwar auch erst mit 28, war aber
dennoch ein bisschen weiter als Pandis, der
bis zur Begegnung mit Angelos nie daran
dachte …

„Sugar-Daddy? Eine Frechheit", sagte Miguel.

„Ein Sugar-Daddy ist ein älterer Herr, der mit einem deutlich jüngeren Mann zusammen ist und diesen finanziell aushält! Wobei der Jüngere meist um die 20 oder jünger ist. Und ein Sugar-Daddy heiratet seinen Jungen auch nicht."

„Gut, Angelos verdient das Dreifache von mir", sagte Pandis.

„Und ist - soweit ich weiß - fast dreißig, oder?"

„Ja. 28."

„Schlicht eine Beleidigung! Immer noch glücklich?"

„Oh ja. Es ist …"

„Aha. Immer noch im ‚Angelos-ist-Gott-Modus'", sagte Miguel lachend.

„Wer um Himmels Willen hat denn diesen Spruch erfunden?", raunzte Pandis.

„Wieso? Stimmt es denn nicht?", fragte Miguel.

„Irgendwie schon. Aber was soll ich machen? Ich bin glücklich. Er ist mehr als gut zu mir. Diskussionen gibt es, aber die verlaufen friedlich. Und der Sex …"

„Bitte sprich nicht weiter. Beim Gedanken an Sex mit Angelos werde ich mehr als

nervös", sagte Miguel lachend. „Was würde ich dafür geben …"
„Ich hacke Dir die Hände ab!"
Und Herr Kommissar meinte es ernst.

5

„Eleni und ein Russe?"
Aris war fassungslos. Paul Pandis wusste, dass Aris, sein bester Freund, bei früheren Besuchen Elenis ein Auge auf sie geworfen hatte.
Aber sehr schnell hatte er begriffen, dass Eleni sehr auf Geld und Luxus Wert legte.
Da Aris im Gegenzug auf seinem Geld saß wie Dagobert Duck, war dessen Interesse schnell abgekühlt.
Zwar war das Verhältnis zwischen Griechen und Russen traditionell gut, da sie den gleichen orthodoxen Glauben hatten, aber über ein Verhältnis einer Griechin zu einem Russen rümpfte man nun doch die Nase.
Frauen und ein Ausländer – in jedem Land der Erde für viele ein Problem.

Besonders problematisch war es dann, wenn es sich um die Ex-Frau handelt.
Da war es mit Rationalität ohnehin nicht weit her.
In Bezug auf seine Frau war Pandis ohnehin nicht mit Rationalität gesegnet.
Er verfluchte sie bis zum heutigen Tag, vor allem deswegen, weil sie permanent wieder in seinem Leben auftauchte.
Manchmal rein zufällig, aber manchmal war er im Zusammenhang mit früheren Mordfällen auf ihre Hilfe angewiesen.
Denn sie saß in Athen an relativ hoher Stelle.
Natürlich hatte sie sich hochgeschlafen, wie er mitunter gehässig meinte.
Von wegen „me too"!

„Also ich bin regelrecht entsetzt", meinte Aris.
„Frag mich mal", antwortete Pandis.
„Ich muss also nicht nur sie wochenlang ertragen, sondern dazu auch noch irgendeinen Igor Pawlewitsch und seine Schläger. Von dem Ärger um das Ei und die Bewachung ganz zu schweigen. Manchmal könnte man meinen, Gott ist boshaft und

hat auch noch seinen Spaß daran, den Herrn Polizeipräsidenten zu ärgern."

Aris lachte.

„Der Titel gefällt Dir, oder?"

„Quatsch, ich verdiene ja nicht einen Euro mehr. Dafür muss ich mir dann noch den ganzen Spott anhören. Selbst in der Bäckerei sagen sie: ‚Heute wieder zwei Präsidenten-Hörnchen?'!"

Aris bog sich vor Lachen.

„Ich finde das alles nicht lustig. Ich kann nur hoffen, dass Eleni nicht die ganze Zeit hier sein wird!", jammerte Pandis.

„Und stell Dir vor, sie erfährt das mit Angelos. Dann ist die Hölle los. Vor allem weiß ich nicht, wie Angelos auf die Hexe reagiert. Es wird Ärger geben, so oder so."

Genau so wird es kommen!

Bisher waren es immer nur ein paar Tage.

Aber sechs Wochen?

Samt ihrem Mafia-Milliardär mit Ei?

Himmel hilf.

Aber dort lachte man wahrscheinlich.

6

Sergeij Wolkov saß in seiner viktorianischen Villa im vornehmen Stadtviertel Belgravia in London.

Seit Stunden las er mit großem Vergnügen die weltweiten Berichte über sein Fabergé-Ei. Nicht nur die Kunstwelt war in Aufruhr, sondern die ganze Medienlandschaft.

Denn Fabergé war ein Name, der die Menschen faszinierte.

Aber er hatte beschlossen, nur mit wenigen Medien zu sprechen, nicht zu viel preiszugeben. Manchmal ist weniger mehr. Schon gar nicht wollte er, dass die Wahrheit ans Licht kam. Nicht etwa über das Ei, sondern eher die Art und Weise, in der er in den Besitz der Preziose kam.

Er blickte aus dem Fenster in den Garten. Eine großartige Geldanlage, dieses Haus. Und mit jedem Tag wurde die Immobilie wertvoller.

Gedankt sei dem Londoner Immobilienmarkt. Verrückt. Als er die Villa für 12 Millionen Pfund kaufte, war sie schon teuer. In nur drei Jahren war der Wert auf 15 Millionen gestiegen.

Wie Rentner oder Arbeiter in dieser Stadt noch ihre Miete bezahlen können, interessierte Wolkov aber nicht. Milliardäre haben ihre eigenen Probleme. Und leben gefährlicher. Zumindest dann, wenn sie Russen sind.

Vom ersten Stock aus konnte er seine Security sehen, die im Garten patrouillierte. Ein Dutzend Kameras und Wärmesensoren waren seiner Meinung nach sicherer. Infrarotstrahlen schlafen nicht und müssen nicht pinkeln. Und sind unbestechlich. Man musste nur immer einen der aktuell fähigsten Hacker im Team haben, um zu verhindern, dass die Systeme von außen lahmgelegt wurden.

Im Übrigen wusste er, dass die Lebenserwartung eines russischen Milliardärs unter der einer HIV-Nutte in Nairobi lag, wie er oft in Gesellschaft verkündete – und damit manchen seiner aristokratischen Gäste vor den Kopf stieß. Obwohl der früher typische englische Lord zu einer aussterbenden Rasse gehörte. Vielmehr waren es Russen, Araber und Chinesen, die die Big Player waren.

Das Handy brummte. Eleni.

Sergeij lächelte. In der Regel hatten russische Milliardäre blutjunge Models an ihrer Seite. Die waren Sergeijs Sache nicht. Er bevorzugte etwas reifere Frauen. Da kam er sich nicht wie ein Ersatzdaddy vor.
Er liebte selbstbewusste Frauen – und da war die feurige Eleni, eine Griechin Mitte vierzig, die ideale Wahl.
Natürlich wusste er, dass Eleni ein Faible für Geld und Luxus hatte, aber welche Frau hatte dies nicht.
Liebe war natürlich nicht im Spiel.
Vielmehr brauchte er sie. Sie war die Connection nach Mykonos, die er brauchte. Natürlich wusste sie nichts davon. Aber er mochte sie. Besonders wenn sie wütend war. Deswegen schickte er ihr folgende Sms: „Kann dich leider nicht in Heathrow abholen. Dringende Geschäfte. Nimm die Piccadilly bis Hammersmith. Dort wartet Billy."
Sie würde toben. Allein schon wegen ihres Riesenkoffers. Ein Taxi aus eigener Tasche würde sie sich nicht leisten. Meist waren Menschen, die den Luxus liebten, geizig. Soweit hatte er sie schon durchschaut.
Er lachte lauthals.

Er freute sich schon auf das Geschrei und das vor Wut rote Gesicht. Das würde Eleni die nötige Power für später verleihen.

Das Handy brummte erneut.

Aber er las die Nachricht nicht.

Stattdessen ging er zu den Bildschirmen und schaute auf Screen 12.

Das Ei. Sein Ei.

Natürlich bewahrte er es nicht hier auf. Die ganzen Sicherheitsmaßnahmen waren reine Camouflage.

Das Ei war an einem sicheren Ort, weit entfernt.

Exakt 4232 Kilometer.

7

Charles tobte. Seit den ersten Berichten über das „neue Ei" hatte er nicht eine ruhige Minute mehr. Egal in welche Zeitung er schaute oder welchen TV-Sender er einschaltete: überall sah er das Ei und diesen russischen Verbrecher.

Als einziger Mensch auf dieser Welt wusste er – auch ohne Expertise: das Ei war echt. Denn Charles Fabergé war der Enkel von Eugene Fabergé, der 1918 in den Westen floh. Mit dem besagten Zaren-Ei.

Charles war mit der Geschichte aufgewachsen. Eugene und seine Mutter waren spät vor der Revolution geflüchtet. Fast zu spät. Unter Kugelhagel schafften es beide über die finnische Grenze. Er unverletzt, seine Mutter hingegen mit einer Schusswunde an der Schulter.

Eugene machte an diesem Tag einen verheerenden Fehler, der nur allzu menschlich war. Er glaubte, dass mit dem Erreichen der Grenze die Gefahr vorbei sei. Die Anspannung fiel von ihm ab, die Wachsamkeit ließ nach und dann kam der Filmriss.

Er erwachte erst wieder auf der Ladefläche eines LKWs. Wie viele Stunden vergangen waren, wusste er nicht. Desorientiert und in großer Sorge um seine verletzte Mutter, hatte er das Ei schlicht vergessen.

Heutzutage würde jeder die verletzte Mutter liegenlassen und sich nie von dem Millionen-Ei trennen. So waren die neuen Zeiten. Geld, Geld, Geld.

Wobei: natürlich profitiert die Familie Fabergé seit 150 Jahren von der Gier der Menschen nach Luxus. Es war ihr Geschäft. Zum reinen Überleben braucht man keinen Juwelier.

Als Eugene im Hafen von Helsinki seine Mutter in die Koje gebracht und sich von ihrem relativen Wohlbefinden überzeugt hatte, schaute er zum ersten Male seit seiner Abfahrt aus St. Petersburg in den Rucksack.

Ihn traf fast der Schlag. Das Ei des Zaren war weg. Verloren konnte er es nicht haben. Der Rucksack war fest verschlossen. Trotz der panischen Flucht, trotz des Rennens und diverser Stürze: ein Herausfallen des wertvollen Eis war unmöglich.

Es musste geraubt worden sein. Und zwar in der Zeit zwischen dem Überqueren der Grenze bis zu seinem Erwachen auf dem LKW. Da er einen kompletten Blackout hatte, konnte er keinen Verdächtigen ausmachen. Jeder der finnischen Helfer hätte es sein können. Oder die LKW-Besatzung. Vielleicht war es auch erst im Hafen von Helsinki geschehen. Auch wenn er zu der Zeit schon wieder wach war: auf sein Gepäck hat er nicht geachtet. Die Aufregung, die Angst...

Eugene hat es sich nie verziehen, dieses Stück verloren zu haben. Er hätte auch keine Kosten gescheut, dem Ei nachzujagen, nur: es gab keinerlei Ansatzpunkt.

Und das Ei tauchte seltsamerweise nie auf. Dann hätte man den Weg zurückverfolgen können. Aber nichts.

Kein Ei, kein Verdächtiger.

Und nun, nach 100 Jahren tauchte dieser Russe auf und präsentierte das Corpus delicti. Jetzt endlich konnte die Familie versuchen, das Geschehen – im Rückwärtsgang sozusagen – zu rekonstruieren.

Selbstverständlich mit größter Vorsicht,
denn mit diesen russischen Oligarchen war
nicht zu spaßen. Menschenleben zählen da
gar nichts. Nicht sehr viel anders als
während der Revolution, dachte Charles.
Es würde dauern und gefährlich sein: aber
das goldene Ei mit grünem Lorbeerkranz
musste in den Besitz der Familie
zurückkehren. Vorher würde er nicht ruhen.
Unerträglich war der Gedanke, dass ein
neureicher Prolet wie dieser Wolkov sich mit
etwas schmückt, was der Familie Fabergé
gehörte.
Im Fernsehen hatte Charles Fabergé
erfahren, dass der Russe das Ei auf Mykonos
präsentieren wollte. Passende Wahl aus
dessen Sicht, dachte Charles.
Mykonos. Die Insel der Reichen und
Schönen.

8

Derweil saß Kommissar Paul Pandis im Büro des Bürgermeisters im Rathaus von Mykonos und traute seinen Ohren nicht.

Mit großer Freude verkündete ihm Sokrates, dass Genosse Wolkov tatsächlich zugestimmt habe, mit seinem Zaren-Ei nach Mykonos zu kommen.

Pandis wurde schwindlig. Er hatte es zwar befürchtet. Aber eine Ahnung ist etwas anderes als Gewissheit.

„Das kann doch nicht Ihr Ernst sein! Wir haben keinerlei Personal oder Technik auf der Insel. Nicht genügend Polizisten, keine brauchbaren Sicherheitssysteme. Wir müssten die Anlagen kaufen oder zumindest ausleihen, auch wenn ich nicht wüsste, wo. Ich bin doch kein Museumswächter. Herrgott, ich bin Polizist. Und das mitten in der Saison, wenn meine vier Mann ohnehin nicht annähernd ausreichen. Dann muss die Bewachung ja 24 Stunden abdecken. Ich kann das Ei natürlich auch nur von 10.00 bis 18.00 Uhr bewachen lassen. Für den Rest sollen dann die Hoteliers sorgen und es auch bezahlen.

Im Übrigen, wer kümmert sich dann um die normale Polizeiarbeit? Diebstähle, Unfälle…?"

Pandis konnte sich gar nicht beruhigen. Schwachsinn.

Gefährlicher Schwachsinn.

„Nun mal langsam, Pandis. Ihre Sorgen sind vollkommen unberechtigt. Sie brauchen überhaupt kein Personal abstellen. Herr Wolkov wird das Ei auf seiner Yacht ausstellen. Die Besucher werden mit einem Schiff vom Hafen zur Yacht gebracht. Und an Bord sorgt seine Security für die nötige Ordnung. Sie sehen also, es ist an alles gedacht."

Bürgermeister Sokrates lächelte selbstgefällig.

„Und dann haben wir ja als Zusatzkraft Ihren Ehemann!"

Das musste ja kommen.

„Nur dass mein Ehemann nicht bei der Polizei Mykonos arbeitet, sondern beim Geheimdienst. Und dort das Dreifache verdient!"

Gott, ist dieser Mann bescheuert. Wie soll man mit Leuten umgehen, die nicht einmal über Grundwissen verfügen. Das ist oft das

Problem mit Politikern. Sie sind mit der Materie nicht vertraut.

Pandis platzte fast.

„Na wunderbar. Hat das so umtriebige Organisationskomitee auch vielleicht daran gedacht, dass das WASSER um die Yacht gesichert werden muss? Selbst wenn die Yacht einen Kilometer vor der Küste liegt und von Land keine Gefahr droht, bleibt immer noch ein Raubüberfall von See aus im Gespräch. Hat Herr Wolkov zusätzliche Schiffe mit Radar und Nachtsichtgeräten und mit Bewaffnung?

Oder soll das etwa die Marine machen? Die wird uns was husten. Abgesehen davon, dass deren Schiffe viel zu langsam und technisch veraltet sind. Herr gib Hirn!"

„Ja, äh, stimmt. An das Wasser haben wir jetzt nicht gedacht ...!"

„Das dachte ich mir doch. Und dann gibt es noch so etwas wie Luft. Was tun bei einem Angriff von oben? Fallschirme, Gleiter? Ich bezweifle, dass das Radar des Flughafens uns etwas nutzt!"

Wenn das überhaupt funktioniert, dachte Pandis.

„Dann sollten wir eine Sicherheitskommission bilden!", meinte Sokrates.

„Und in dem sitzen dann fünf Hoteliers, deren Erfahrung mit Sicherheit einzig auf dem Schauen von James-Bond-Filmen beruht. Und vielleicht noch ein Marineoffizier aus Naxos, der noch nie einen Schuss abgegeben hat. Bravo!"

Sokrates dachte nach.

So etwas macht man besser vorher, grummelte Pandis.

„Vielleicht bekommen wir Hilfe aus dem Kultusministerium. Schließlich arbeitet Ihre Frau…"

Weiter kam Sokrates nicht.

„Darauf habe ich nur gewartet. Es ist meine Ex-Frau bitte. Und deren Erfahrung mit Sicherung beschränkt sich auf die Absicherung ihres Lebensstandards mit meinem Geld!"

Pandis stand wutentbrannt auf. Sokrates brüllte ihm hinterher:

„Die Ausstellung findet statt. Basta. Rufen Sie Ihre Frau an. Die kann Ihnen bestimmt helfen. Dafür ist eine Regierung ja da!"

Sagt ein Konservativer über eine linke Zentralregierung. Genau. Klappt etwas nicht, ist es nicht das eigene Unvermögen, sondern der politische Gegner.

Eine Sicherheitskommission. Zum Schießen. Da er noch eine Frage hatte, ging er zurück.

„Sagen Sie mal, Herr Bürgermeister, wie lange soll der Zirkus genau dauern?"

Sokrates wühlte in seinen Papieren.

„Moment mal. Ah ja, hier. Die Eröffnung wäre am 16. Juni. Und dann liegt die Yacht hier bis 15. September."

„DREI MONATE? Ich dachte, es seien sechs Wochen."

Pandis schüttelte nur den Kopf.

„Dann wird es endgültig absurd."

„Sie haben keine Wahl. Wir müssen das schaffen. Die Pressemeldungen sind schon raus."

Bevor man sich über die Organisation Gedanken gemacht hat?

Pandis ließ die Arme hängen.

Es würde ein Fiasko werden.

„Immer langsam, Pandis. Allzu viel Besucher werden das Ei tatsächlich gar nicht sehen wollen."

„Wieso das?"

Sokrates wühlte wieder in seinen Papieren. „Weil der Eintritt samt Transfer, äh, ja, 800 Euro betragen soll. Man möchte nur die Reichen an Bord haben. Nicht das Fußvolk."

Du arrogantes... Das Fußvolk bringt dieser Insel das Geld.

Pandis fragte sich das erste Mal, wieviel Provision wohl der Bürgermeister davon bekäme. Nur dies würde erklären, warum er keine der Bedenken Ernst nahm.

Schlagartig lächelte Pandis.

„Ich glaube, ich habe nun verstanden. Nun. Das gibt bestimmt eine gute Presse. großartige Werbung für Mykonos. Hier bekommt man nur etwas zu sehen, wenn man richtig viel Kohle hat. Normale Menschen wollen wir hier nicht!"

Bürgermeister Sokrates lachte.

„Sie glauben doch nicht, dass wir den Eintrittspreis vorher bekanntgeben? Die Leute sollen erst kommen und wenn sie dann hier sind, reicht es immer noch, wenn sie es erfahren."

„Das ist schlicht Betrug. Und ein Skandal!"

„Pandis, wenn Sie irgendetwas an die Presse durchstechen, können Sie Dienst an

der albanischen Grenze verrichten. Soweit
reichen meine Kontakte in Athen noch!
Und dann kann Ihnen Ihr schwuler Freund
auch nicht helfen!"
Kurz war Pandis in Versuchung, dem
Bürgermeister einen rechten Haken zu
verpassen, aber er konnte sich gerade
noch beherrschen.

9

Es gibt nichts Schöneres, als in Löffelchenstellung aufzuwachen. Gott, wie er es liebte.

Angelos lag hinter ihm und atmete ruhig ein und aus. Totaler Friede. Und totales Glück. Und Pandis wusste – auch wenn es gedauert hat -, dass Angelos ihn genauso liebte. Und ihm der Altersunterschied von 25 Jahren vollkommen egal war.

„Ich helfe Dir gerne. Aber für den Sugar-Daddy bekommt der noch eine verpasst. Ich bin doch kein Stricher!", hatte sich Angelos am Abend vorher empört.

„Reg´ Dich nicht auf. Das sind Volltrottel. Viel schlimmer ist, dass meine Ex hier auftaucht."

„Mit der werde ich schon fertig."

„Das weiß ich. Ich befürchte dennoch, …

„Ich liebe Dich und Du liebst mich. Was soll uns passieren?", sagte Angelos und küsste Herrn Kommissar.

Zum Beispiel könntest du erschossen werden bei einem deiner Einsätze. Beiseiteschieben, Pandis! Das Jetzt zählt!

10

„800 Euro?"

Aris schien eine Gesichtslähmung zu bekommen.

„Sind die denn verrückt? Wer bezahlt denn das?

„Da gibt´s genügend", meinte Pandis resignierend. „Den Reichen gefällt das sogar. Endlich etwas, bei dem der Pöbel keinen Zutritt hat. Wenn´s dann noch etwas exklusiv zugeht, mit einem Glas teuren Champagner oder einem Candlelight-Dinner samt Zaren-Ei, dann rennen die denen die Bude ein, oder richtigerweise das Schiff!".

Pandis war immer noch auf 180.

„Und was glaubst Du, bekommt die Insel davon ab? Nichts. Nada. Null Komma Null. Die Kosten für die Allgemeinheit, den Profit für mich. So schaut das mittlerweile aus."

Kommissar Pandis, Angelos und Aris saßen wie jeden Dienstag beim Fischessen in Ornos.

Eine schöne Tradition, die Pandis nicht missen mochte. Aris war sein bester Freund und nebenbei als Hilfs-Kommissar durchaus talentiert. So mancher Fall wäre ohne ihn schwieriger zu lösen gewesen.

„Abgesehen von dem ganzen Ausstellungsmist, ist aber das Allerschlimmste, dass…"

„…Eleni kommt und wahrscheinlich länger bleibt", ergänzte Aris lächelnd.

„Da gibt es nichts zu lachen. Möchtest Du dauernd Deiner Ex-Frau über den Weg laufen? Und das Ganze auch noch dienstlich? Das wäre so, als würdest Du Deine Ex hier jeden Tag im Autoverleih sitzen haben. Da möchte ich Dich mal sehen!"

Die Vorstellung alleine ließ Aris frösteln. Auch seine Ehe war zu Bruch gegangen, aber schon nach fünf Jahren. Er hatte nicht wie Pandis 25 Jahre etwas aufgeschoben, was nach spätestens einem Jahr zumindest ihm klar war. Er wusste bald, dass diese Ehe nicht funktionieren würde. Es war ein Rückzug ins Innere. Ihm gelang es, 24 Jahre seine Gehörgänge zu verschließen, sobald seine Frau zu sprechen begann. Als sie dies realisierte, begann sie sein Geld auszugeben. Das Übliche: Schuhe, Kleider, Schmuck und dann wieder Schuhe. Sie hat ihn fast ruiniert und bevor sie auch das letzte Geld aus seinem Familienvermögen ausgeben hatte können, zog er die Reißleine. Nach 24 Jahren (das erste Jahr war noch erträglich) und geschätzt 300.000 Euro war das Projekt Ehe Geschichte. Einzig positiver Effekt: sie hatten keine Kinder. Zumindest dies blieb ihm erspart.

Leider gelang es Pandis nicht, seine neu gewonnene Freiheit zu genießen. Ganz anders Eleni. Sie gab richtig Vollgas und machte sich – Pauls Meinung nach – lächerlich. Jüngere Liebhaber, eine Party hier, eine Party da. Der Gipfel war die Schönheitsoperation.

Allerdings war diese auch Pauls Trumpf. Wann immer sie bei einem Gespräch auf ihre Ehe zu sprechen kam, konnte Pandis kontern.

Bei mir ist wenigstens alles echt.

Bei mir knarzt es nicht bei jedem Lachen. Ich bin in keinem Verein mit Cliff Richard oder Cher.

Ich werde richtig beerdigt und muss nicht als Sondermüll deklariert werden.

Manchmal wünschte sich Pandis, sie hätte das Lifting früher gemacht. Dann hätte er schon während der Ehe verbale Erfolgs-erlebnisse gehabt. Aber immerhin.

Bei Aris ging das alles schmerzloser. Als dieser merkte, dass seine Frau – Maria – mehr Geld ausgab, als er für gerechtfertigt hielt, beendete er das Ganze abrupt. Er hatte dadurch viel Geld gespart und wahrscheinlich sein Geschäft gerettet. Auch wenn Scheidung in Griechenland eine teure Angelegenheit ist. Und so ganz ohne Makel blieb man nicht, denn die Familie sieht eine Scheidung generell nicht gerne. Da spielt noch immer die Religion eine große Rolle.

So saßen die beiden zu Tisch und kamen zum Aufregerthema zurück.

„Ehrlich gesagt glaube ich, dass der Bürgermeister eine Art Provision bekommt", sagte Pandis. „Sein Beiseiteschieben jeglicher Bedenken finde ich mehr als merkwürdig."

„Du glaubst, der Russe hat ihm einen Anteil an den Eintrittsgeldern versprochen? Das wäre doch wohl etwas sehr riskant. Der Vorwurf kommt ohnehin, wenn der hohe Eintritt in den Medien diskutiert wird. Außerdem wäre dann wahrscheinlich Deine Ex mitbeteiligt. Mancher könnte

sogar behaupten, Du, Deine Ex und der Bürgermeister stecken unter einer Decke."
Pandis schaute verdutzt.
An die Möglichkeit hatte er noch gar nicht gedacht.
Würde er seinen Verdacht äußern, stünde sofort er selber in schiefem Licht da. Als Polizist wäre sein Ruf erledigt.
Verflucht sei seine Ex-Frau und ihr russischer Lover. Pandis glaubte zwar nicht, dass seine Ex das alles eingefädelt hatte, aber er war in einer unangenehmen Lage. Nur bei eindeutigen Beweisen würde er tätig werden können. Und müsste dies dann auch gegen Eleni fortsetzen, ohne Rücksicht.
Auf alle Fälle war Vorsicht geboten.
„Danke, Aris. Daran hatte ich noch gar nicht gedacht."
Noch mehr Grund darauf zu setzen, dass die Yacht samt Russe, Eleni und Ei auf dem Weg nach Mykonos in ein veritables Sturmtief geraten würden.

„Ich kann nur hoffen, dass sie die meiste Zeit mit ihrem Liebhaber verbringt – oder mit Dir. Mir alles egal. Am Allerwichtigsten ist

mir, dass ich und Angelos unsere Ruhe
haben."
Aris lächelte.
„Ich werde garantiert einen großen Bogen
um Eleni machen. Die Geschichte in
Panormos, als sie Deine Kreditkarte
verwendete, hat mir gezeigt, dass ich vom
Regen in die Traufe käme. Ich lerne aus
meinen Fehlern.
Aber eines kann ich Dir versprechen: Ihr
werdet alles haben – außer Ruhe!"

Da sollte er recht behalten.
Fünf Tote sind nicht die beste
Voraussetzung für friedliche Abende auf
dem Balkon.
Aber das konnten Pandis und Angelos nur
ahnen.

11

London, Belgravia

Es kam wie erwartet. Frauen sind doch sehr
berechenbar. Wie eine Furie stürmte Eleni
ins Haus. Der Kopf rot wie eine Tomate.
Gepaart mit Schnappatmung.
Der arme Billy schleppte sich derweil mit
den Koffern ab.
„Hast Du noch alle Tassen im Schrank? Mich
mit den schweren Koffern U-Bahn fahren zu
lassen. Der Aufzug war so klein, dass nicht
mal die Koffer hineingepasst haben. Gott
wie ich England hasse!"
Jetzt holte sie zum ersten Male Luft.
„Dafür fährt die Metro hier. In Athen steht
sie meist. Entweder funktioniert sie nicht
oder es wird gestreikt."
Dann stellte Sergeij mit großer Vorfreude
die entscheidende Frage:
„Warum hast Du denn kein Taxi
genommen?"
Jetzt war die Tomate kurz vor dem Platzen.
„Erstens sind um diese Zeit fast keine mehr
da und zweitens zahle ich keine 50 Pfund
für eine Fahrt in einem klapprigen,
verdreckten Oldtimer!"

Richtig süß.

Zumindest gab sie zu, dass es ihr zu teuer war.

Das war schön. Man sagt den Russen ja nach, sie hätten eine sadistische Ader. Da hatten die Leute wohl recht, dachte Sergeij. Aber es war einfach zu köstlich, wenn man wusste, wie man Menschen zur Weißglut bringt.

Nun war es aber Zeit, wieder Friedens-tauben durch die Lüfte zu schicken.

„Komm her, meine feurige Griechin. Ich war früher zuhause und habe für Dich gekocht. Welcher Milliardär macht das schon?"

Gekocht hatte er für sich selber. Außerdem lag ein kleines Geschenk für Eleni auf dem Tisch.

Ein Candlelight-Dinner mit kleinem Cartier-Päckchen. Das ultimative Tempo-Versöh-nungsarrangement. Es dauerte keine zehn Sekunden, bis Elenis Gesichtsausdruck von „Zorn extrem" auf „Entzückung 3" umschal-tete.

Zehn Minuten später war sie wieder eine der glücklichsten Frauen dieser Erde.

Und Sergeij war zufrieden. Jemanden von der Hölle in den Himmel und wieder zurückbefördern. Seine Spezialität.

„Sag, Eleni, hast Du Deinen Mann schon gesprochen?
Eleni schaute verwirrt.
„Warum sollte ich? Im Grunde genommen hat er ja nichts mit uns zu tun."
„Da bin ich anderer Meinung. Ich finde es wichtig, dass er uns gewogen ist und keinen Ärger macht. Man muss erst säen, bevor man erntet, hat mein Großvater immer gesagt. Ein bisschen Charme würde da bestimmt helfen!", meinte Sergeij.

Da hingegen war sich Eleni nicht sicher. Ihre Wirkung auf ihren Ex-Mann wird hier wohl gerade falsch eingeschätzt.

„Herzlich ist unser Verhältnis nicht gerade, aber wenn Du es möchtest, kann ich ihn anrufen und ein wenig vorfühlen, wie er dazu steht und was er plant. Obwohl ich seine Reaktion mir schon vorstellen kann. Er ist ein Spießer, so einfach ist das. Nichts Besonderes, nichts außer der Norm."
Das passt ganz hervorragend.

Spießer sind berechenbar.

„Er soll ja nicht das Marketing leiten, sondern sich nur einfügen. In seinem eigenen Interesse!"

Der letzte Satz ließ Eleni frösteln.

„Wie meinst Du das?"

„Ganz einfach. Wird die Ausstellung ein Erfolg, wird es auch sein Verdienst sein!"

Das beruhigte Eleni wieder.

„Ich könnte auch seinen Freund Aris mit ins Boot holen. Er ist mir sehr zugetan und hat großen Einfluss auf Paul."

Sehr gut, Eleni. Das wollte ich hören.

„Ich glaube, es wäre das Beste, wenn du nächste Woche hinfliegst, um ein paar Vorgespräche zu führen."

Eleni schaute enttäuscht.

„Aber ich bin doch gerade erst angekommen!"

„Das weiß ich. Und kein Mensch hat gesagt, dass du in ein oder zwei Tagen fahren sollst!"

Aber in spätestens drei.

„Bis dahin werden wir uns ein paar schöne Tage in London machen. Wie wäre es mit einem exklusiven Einkaufsbummel bei „Harrods"?"

„Viel zu viel Trubel!"

„Du verstehst mich nicht. Das „Harrods" und nur wir beide. Abends. Ganz alleine. Ich kenne den Direktor sehr gut. Ein freundlicher Katari."

Elenis Augen leuchteten wie eine Flutlichtanlage im Fußballstadion.

„Ich wusste, dass Dir das gefallen würde!" Frauen sind …

„Sergeij, ich soll wegen des Eis nach Mykonos fliegen, dabei habe ich es bis heute nicht gesehen. Ich denke, wenn ich darüber sprechen soll, muss ich es zumindest mal gesehen haben."

Darauf war Sergeij schon lange vorbereitet. „Du wirst es rechtzeitig sehen, mein Schatz. Vorläufig muss es noch an seinem jetzigen Platz bleiben."

„Du vertraust mir nicht, Sergeij!"

Natürlich nicht. Ich vertraue niemandem. Nur das hat mich dorthin gebracht, wo ich heute bin.

„Aber natürlich vertraue ich Dir. Lass diesen Blödsinn!"

Sergeij schaltete auf beleidigt und Eleni sah den „Harrods"-Abend in Gefahr.

Ach, dachte sie, eigentlich ist mir das Ei ziemlich egal. Sergeij hatte ja recht. Ich sehe es früh genug. Aber irgendwie habe ich das Gefühl, dass die Angelegenheit nicht ganz koscher ist.

Dennoch: mein Leben ist im Moment ein Traum. Ein reicher Mann, der mir alle Wünsche erfüllt. Auch von ihrer Seite aus war es keine Liebe, aber bei wem über 40 ist es das schon. In dem Alter ist eine Beziehung eine Kosten-/Nutzen-Rechnung. Im Hinblick auf Sergeij war diese Kalkulation eindeutig positiv. Es würde nicht ewig halten, aber bis dahin werde ich es genießen und das ein oder andere Geschenk annehmen. Es dürfen auch ruhig mehrere sein.

Sergeij stellte sich hinter Eleni und massierte ihr die Schultern.

„Mein Schatz, was meinst Du? Wollen wir morgen erst etwas Tennis spielen und dann zu „Harrods"?"

Tennis spielen? Eleni schaute skeptisch. Wozu den Körper bewegen, wenn man Fehlbildungen operativ entfernen kann, noch dazu ohne Schwitzen?

Aber Sergeij konnte auch hier ihre Gedanken lesen.

„Natürlich spielen wir nicht irgendwo Tennis. Ich dachte an den Centre-Court in Wimbledon."
Oh ja. Gerne.

12

Sergeij lag im Bett und schaute auf die schlafende Eleni. Ja, ich weiß, Du möchtest wissen, wo das Ei ist und was es damit auf sich hat.
Weibliche Neugier.
Dabei war Sergeij klar, dass der erste Teil der Geschichte nie an die Öffentlichkeit gelingen darf. Die Herkunft des Eis müsste auf ewig verborgen bleiben. Verschollen und nun wiederaufgetaucht. So einfach würde es sein. Er konnte sich auf seine Mitwisser verlassen, schließlich gehörten sie zur wahrscheinlich geheimnisumwittertsten Organisation der Welt: die russisch-orthodoxe Kirche.
Sergeijs Großvater hatte sich früh den Bolschewiki angeschlossen. Nicht aus Überzeugung, nein. Er stand auf der Lohnliste der Ochrana, der zaristischen

Geheimpolizei. Nach dem Ende des Zaren-Regimes arbeitete er für die „Weißen", die Konterrevolution, als Doppelagent.

Im Dezember 1918 tat er Dienst an der finnischen Grenze. Er wusste von der Flucht Fabergés und erwartete ihn an der Grenze. Die Information kam von höchster Stelle. Zusammen mit zehn Kameraden schuf er zwei Kilometer vor der finnischen Grenze eine Art künstliche Staatsgrenze. Mit finnischen Schildern und finnischen Uniformen. Wenn die Flüchtlinge kamen, glaubten sie die Grenze passiert zu haben. Dazu war unerlässlich, dass Sergeijs Großvater und seine Kumpane auf sowjetische Soldaten schossen. Nur so war klar, dass die Flüchtlinge die Grenze passiert haben mussten, wie sie glaubten.

So konnte das Sowjetregime alle Flüchtlinge wieder einsammeln – und dann die meisten exekutieren. Seine Aufgabe bestand darin, manchen die Flucht tatsächlich zu ermöglichen. Vor allem hohen Würdenträgern des alten Regimes. So wollten es die weißen Generäle, die bald wieder die Macht übernehmen würden. Doch im Falle Fabergés handelte Sergeijs Großvater auf eigene Rechnung.

Als Eugene Fabergé glaubte, die Grenze passiert zu haben und vor Erschöpfung zusammenbrach, nahm Großvater Wolkov das Ei an sich und sorgte dann dafür, dass Fabergé trotzdem entkam. Vom Westen aus konnte er im verschlossenen Sowjetreich keine Nachforschungen anstellen. Insofern war ein Gelingen der Flucht unabdingbar.

Und dann tat Sergeijs Großvater etwas, wofür ihn sein Enkel lange verfluchte. Er behielt das Ei nicht, nein, er und seine Familie lebten weiterhin bescheiden oder besser gesagt in Armut. Manchmal starb Sergeij fast vor Hunger, weil es im Haus seiner Eltern nichts zu beißen gab.

Dabei hätte man in Saus und Braus leben können, wenn ... ja, wenn dieser Schwachkopf an sich und seine Familie gedacht hätte. Nein, dieser Idiot glaubte tatsächlich an Gott und dass die Kirche die einzig wahre Institution auf dieser Welt war. So übergab er das letzte Zaren-Ei den orthodoxen Popen unter der Maßgabe, dass die das wertvolle Stück dem Zaren übergaben, sobald dieser wieder an der Macht war.

Dies geschah bekanntlicherweise nicht und so blieb das Ei, wo es war.

Bis der jetzige Präsident ins Amt kam und seine Macht auf den Pfeilern der Kirche errichtete.

Sergeij gelang es, den Patriarchen davon zu überzeugen, dass es keinen Romanov mehr auf dem Thron mehr geben würde. Und dass der jetzige Herrscher eine Art Reinkarnation war. In Habitus und Macht-ausübung. Und er gab der Kirche, was sie wollte. Diese vollzog das Testament von Großvater Wolkov und übergab das Ei Sergeij, mit der Verpflichtung, dass er dieses nicht verkaufen würde, sondern nach spätestens zwei Jahren dem „neuen Zar" und damit dem russischen Volk zurückgab. So die Bestimmung des Testaments. Natürlich würde er dem Präsidenten gewisse Privilegien abverlangen, die dieser gewähren würde. Denn das Prestige des Präsidenten würde enorm steigen sollte er dieses letzte Ei nach Hause bringen.

Daher befand sich das Ei in absoluter Sicherheit. In den unterirdischen Katakom-ben der Kathedrale von Nischni Nowgorod.

Die Popen waren so religiös, dass sie für Bestechung nicht empfänglich waren.

Sergeij hatte aber darauf bestanden, dass das Ei gesichert würde.

Kamerauüberwachung und Infrarot-sicherung.

Sicher war sicher.

Und so zeigte Screen 12 in der Villa in Belgravia keinen Tresor im Westen, sondern er lieferte Bilder aus Nischni Nowgorod.

Wer immer glaubte, das Ei befände sich hier in London, würde enttäuscht sein. Die ganzen Sicherheitsmaßnahmen dienten nur als Camouflage. Und hielten das Medieninteresse hoch.

Der mysteriöse Milliardär und das noch mysteriösere Zaren-Ei.

Alle würden überrascht werden, wenn die Expertisen ergeben würden, dass das goldene Ei tatsächlich ein originales Fabergé-Ei war.

Dennoch würde Wolkov noch etwas warten, bis er die nötigen Experten beauftragen würde.

Erstens erhöhte dies die Spannung.

Und zweitens ging es Sergeij bei der Ausstellung gar nicht um das Ei.

Er hatte ein ganz anderes Interesse.

Und das war mitnichten religiös.
Der Patriarch wäre entsetzt.
Sergeij lächelte und schlief wieder ein.

13

Mykonos

„Mein lieber Paul", säuselte es aus dem
Telefon.
Kommissar Pandis fröstelte, Die Stimme.
Relikt aus einer längst vergangenen Zeit.
So glaubte er. Dennoch holte sie ihn immer
wieder ein. Obwohl es keine Kinder gab,
kam es dennoch nicht zu einem endgül-
tigen Bruch. In einem kleinen Land wie
Griechenland war das offensichtlich nicht
möglich.
„Hallo, Eleni." Mehr gab es nicht.
„Na, wir haben heute aber gute Laune!"
Gute Laune und Eleni waren zwei Worte,
die Pandis nicht in Zusammenhang bringen
konnte. Schon gar nicht, nachdem sie ihm
200 Euro auf die Kreditkarte buchen ließ,
damals in Panormos beim Mantalos-Fall
(Band 2). Er war im Restaurant einge-
schlafen und Eleni hatte sich revanchiert,
und die gesamte Zeche mit seiner Karte
bezahlt.
„Ich komme Donnerstag nach Mykonos",
sagte Eleni, noch immer freundlich.
Vorsicht, Pandis!

„Soll ich jetzt in Jubelstürme ausbrechen?",
raunzte Pandis.
„Finde ich schon. Schließlich tue ich etwas
für Deine Insel!"
„Erstens ist das nicht meine Insel, wie Du
sehr wohl weißt."

Pandis war quasi strafversetzt worden, nach
einer unschönen Auseinandersetzung mit
einem Staatssekretär in Athen.

„Und zweitens macht mir dieses
beschissene Ei nichts als Probleme."
„Deine Ausdrucksweise hat aber sehr
gelitten", sagte Eleni.
„Tja, ich verkehre nun mal nicht in den
besseren Kreisen Londons. Obwohl ich nicht
weiß, ob man neureiche Russen und despo-
tische Scheichs als bessere Gesellschaft
bezeichnen kann."
„Eifersüchtig?"
Das war doch die Höhe.
„Wirklich nicht. Ich hatte mir gewünscht,
dass Du einen tahitischen König kennen-
lernst und die Datumsgrenze nie mehr
überschreitest!"
Und im Übrigen bin ich frisch verheiratet!"
Stille.

Stille.

„WAAAAS? Wie heißt die …?"

Sie wollte blöde Kuh sagen.

Auch wenn es ein Telefonat war, grinste Pandis breit.

„Angelos!"

Totenstille.

Totenstille.

„Ich war 25 Jahre mit einem Schwulen verheiratet?"

„Nein. Du hast mich dazu gemacht!"

Es klickte in der Leitung.

Aber Pandis hatte im Gefühl, dass es Eleni war, der mehr an diesem Telefonat lag als ihm.

So war es auch.

Zwei Stunden später rief sie erneut an.

„Zur Sache, Eleni!"

„Du bist und bleibst ein Rüpel. Ich komme, um mit Dir die Organisation der Ausstellung zu besprechen!"

„Dafür gibt es ein Komitee!", raunzte Pandis durchs Telefon.

Eleni lachte laut.

„Ein griechisches Komitee. Toller Scherz. Nein, nein. Sergeij besteht darauf, dass Du federführend bist!"

„IIICCHH??"

„Ja, Du bist der Sicherheitsexperte, und das ist schließlich der wichtigste Punkt!"

Pandis Blutdruck stieg in schwindelerregende Höhen.

„Wenn es nach mir ginge, könnte Sergeijs Yacht untergehen, samt Inhalt. Ich war von Anfang an dagegen. Es ist eine Schnaps-idee. Aber ich sage Dir Eines: wenn etwas passiert, übernehme ich keine Verantwortung!"

„Und Du glaubst, Bürgermeister und Medien sehen das genauso?"

Miststück.

„Jedenfalls brauche ich mindestens zwanzig Mann plus Radarüberwachung auf Wasser und ein paar Patrouillenboote."

Für Sergeij sicher kein Problem, dachte Eleni, aber so einfach mache ich es Dir nicht.

„Weißt Du, was das kostet?"

Pandis lachte, aber nicht von Herzen.

„Ach, ich denke, von 800 Euro Eintritt kann man den einen oder anderen Mann bezahlen."

„Du vergisst, dass wir auf Einladung des Bürgermeisters kommen. Wir können natürlich auch nach Santorini gehen. Dann bist Du aber die längste Zeit Polizeipräsident gewesen. Wobei ich bis heute nicht weiß, wie Du zu diesem lächerlichen Titel gekommen bist!"

Das Gespräch erreichte – wie JEDE Unterhaltung mit seiner Ex-Frau die Eskalationsstufe 2.

Tief durchatmen, Pandis!

„Ich leiste gute Arbeit. A-R-B-E-I-T. Du kennst das Wort? Ich sitze nicht vier Stunden täglich im Ministerium und widme mich den neuesten Modezeitschriften."

„Die brauche ich nicht lesen. Ich bin bei den Modeschauen live dabei. Sergeij jettet mit mir nach Paris, Mailand oder New York. Mit Dir kam ich nie weiter als Saloniki!"

Ende. Schluss. Pandis beschloss, seine Nerven zu schonen.

„Hör zu. Du kommst. Wir sprechen und dann schauen wir, dass wir das irgendwie über die Bühne bekommen, auch wenn ich noch nicht weiß, wie!"

„Geht doch! Wie alt ist denn dein ..., äh, ... Ehegatte?"

Das musste kommen. Lügen? Hilft nicht, sie kriegt es ohnehin raus!

„28."

Es kam das erwartete Gelächter. Wenn sie jetzt noch Sugar-Daddy sagt …

„Der Herr Polizeipräsident als Sugar-Dad…"
Pandis wollte schon auflegen, als ihm noch eine brillante Retourkutsche einfiel.

„Seit ich Angelos kenne, weiß ich endlich, dass Sex auch Spaß machen kann. Und nebenbei: in den Flitterwochen waren wir auf Aruba!" *Jetzt* legte er auf.

Die Flitterwochen mit Eleni führten sie damals gerade für eine Woche nach Kreta, was sie ihm 25 Jahre vorhielt.

14

„Und dann hat dieser Drachen doch tatsächlich den Bürgermeister angerufen!" Pandis war mehr als erbost.

„Ich sei unkooperativ und würde das Projekt nicht voll unterstützen."

„Womit sie ja recht hat", entgegnete Aris mit süffisantem Lächeln.

„Aber das zahl ich ihr zurück! Ich weiß nur noch nicht, wie!"

„Ach, Paul. Du fällst jedes Mal darauf rein. Eleni weiß genau, auf welchen Knopf sie bei Dir drücken muss. Es führt kein Weg daran vorbei. Das Ei kommt. Basta. Also mach das Nötigste, damit man Dir nichts vorwerfen kann. Schau, dass bei Deinen Besprechungen mit Eleni immer ein Zeuge dabei ist."

Aris hatte den Ausdruck eines Oberlehrers.

„Ich danke Dir sehr für Dein Angebot, als Zeuge bei den Gesprächen dabei zu sein." Pandis grinste.

„Aber ich habe ein Geschäft!", protestierte Aris.

„Aha. Nun, wenn ich auf den Hof schaue, sehe ich noch ein Auto. Im Angebot hast du für die Steuer sechs, in Wahrheit zehn.

Also musst Du lediglich nachmittags da sein, wenn die Touristen die Fahrzeuge zurückgeben."

Die Flüge heimwärts gingen nicht vor 15 Uhr. Und Pandis wusste das.

„Du hast also genügend Zeit für Besprechungen!"

Aris brummte.

„Also gut."

„Ich verstehe Dich überhaupt nicht. Es gab Zeiten, da haben beim Namen Eleni Deine Augen regelrecht geleuchtet!", stichelte Pandis.

„Du weißt genau, dass …"

„…Du Dich hast blenden lassen. Schon gut, lass mich doch ein bisschen sticheln."

Aris stand in der Türe und blickte auf das Meer. Von Tourlos hatte man einen fantastischen Blick auf die Stadt und das Meer.

„Aber Paul. Darf ich Dir einen guten Rat geben?"

„Sicher. Wenn er nichts mit Eleni zu tun hat", antwortete Pandis.

„Keine Sorge. Ich kann Deinen Unwillen verstehen, was diese Ausstellung angeht. Es ist alles etwas seltsam. Warum Mykonos? Es gibt Orte, die glanzvoller sind. Monaco,

Dubai oder was sonst noch. Gut, Eleni hat eine Verbindung zu Mykonos durch Dich und sie ist mit dem Besitzer des Eis liiert. Alles schön und gut. Aber es bleibt ein ungutes Gefühl bei mir. Auch wenn ich nichts damit zu tun habe."

Paul nickte.

„Da ist definitiv eine Sauerei im Gange. Aber immerhin geht es um ein Ei und nicht um einen Mord! Außer ich erschlage Eleni! Oder Angelos erschlägt sie."

Pandis lachte.

Aber Aris schaute immer noch ernst.

„Hör zu, Paul, ich würde Folgendes tun: Ruf Nikos an und erzähle ihm einfach die Geschichte. Vielleicht kann er etwas über den Russen herausfinden. Oder aber er kann Dir mit der Überwachungstechnik helfen. Und Angelos offiziell abstellen."

„Ich soll den Geheimdienst einschalten?" Pandis schaute erstaunt.

„Ja und Du wirst mir für den Rat dankbar sein. Du hast Nikos das Leben gerettet und dafür schuldet er Dir etwas! Und Angelos bliebe die ganze Zeit hier!""

Aris hatte nicht unrecht. Das Erlebte hatte dazu geführt, dass er Nikos als Freund ansah. Er war krank vor Sorge, denn das

Leben des Agenten hing am seidenen Faden und er war sehr erleichtert, als er hörte, dass sich sein Gesundheitszustand gebessert hatte.

Und mit der technischen Hilfe hatte Aris ebenfalls recht. Die Spielzeuge des EYP hatten ihm bei verschiedenen Ermittlungen die entscheidenden Hinweise geliefert.

Pandis war sich sicher, dass Nikos ihm helfen würde. Ohne die Polizei Mykonos hätte der EYP das Netzwerk der Morgenröte nicht so schnell aufgedeckt.

Und Nikos hatte dafür sicher auch einen Karrieresprung gemacht.

Und das Beste: Angelos müsste zu keinem Einsatz – außer bei Herrn Kommissar im Bett!

15

„Apollo-Versicherung. Was kann ich für Sie tun?

„Für König und Vaterland. Ich hätte gern eine Eierversicherung."

„Paul, mein Freund! Wie geht es Dir?"

„Mir geht es gut. Wichtiger ist, wie es Dir geht. Vollständig genesen oder ist etwas geblieben?"

„Du meinst im Kopf?"

Gott, Pandis, Du bist ein Fettnapfsuchgerät.

„Du weißt, was ich meine!", sagte Paul.

Nikos lachte.

„Ich habe Probleme mit dem linken Fuß. Mit dem Gleichgewicht ist es auch nicht weit her. Und beim Rauchen kratzt es mitunter."

Bei einem Lungendurchschuss kein Wunder.

„Aber Du möchtest sicher kein ärztliches Bulletin hören, wenn Du Deine Versicherung anrufst."

„Sag mal, ist diese Tarnung als Versicherung noch zeitgemäß für einen Geheimdienst? Das macht der MI5 schon seit 50 Jahren."

Nikos lachte.

„Nach Deinem Geplapper über Telefon müssen wir uns jetzt eh eine neue einfallen lassen."

Pandis schluckte. Meinte Nikos das im Ernst? Nächster Fettnapf.

„War nur Spaß, Paul. Nun sprich. Was für eine Eierversicherung hättest Du gerne?"

Pandis schilderte kurz die Fakten.

Nikos dachte nach und Paul schätzte genau das. Kein sofortiges Losplappern. Erst Fakten sortieren.

„Hm. Also zunächst könnte ich den Herrn durch die Computer laufen lassen, ob irgendwas anhängig ist. Aber ich vertraue Deiner Intuition. Nach der Morgenröte würde ich sie nie in Zweifel ziehen. Aber viel Unterstützung kann ich Dir nicht geben. Ein bisschen Technik kann ich erübrigen. Sollte sich etwas ereignen, können wir über Weiteres reden."

Pandis räusperte sich.

„Und dann bräuchte ich noch Angelos."

Nikos lachte.

„Ich dachte, den hast Du schon die ganze Zeit? Mein bester Mitarbeiter liegt seit Monaten in Deinem Bett!"

„Und dort gefällt es ihm! Im Ernst, kannst Du ihn nicht offiziell abstellen?

„Was soll ich in den Bericht schreiben?

Hilft dem Polizeipräsidenten von Mykonos beim Regulieren seines Hormonhaushaltes?"

Nikos lachte.

„Nein. Er macht den Polizeipräsidenten glücklich. Wieso denkt jeder, es drehe sich nur um Sex?", gab Pandis zurück.

„Weil er bei seinem letzten Besuch bei mir hier Ringe unter den Augen hatte. Und ich vermute, daran bist Du schuld. Aber im Ernst: Du weißt, dass ich mich für Dich – oder besser: euch beide - wirklich freue. Und ja: ich stelle ihn für drei Monate ab. Zufrieden?"

„Nikos, ich könnte Dich küssen!"

„Küss´ Du lieber Angelos. Und schone ihn ein bisschen: Auch mit 28 ist man keine Maschine!"

„Also hör mal. Ich bin doch kein Sexmonster", protestierte Pandis.

„Da habe ich schon anderes gehört!" Lachte und legte auf.

16

Knightsbridge war abends um 21 Uhr relativ leer. Wo sich tagsüber die Massen durch die Straßen wälzten, herrschte nun Ruhe. Für den Pöbel war dies ohnehin die falsche Gegend.

Am Seiteneingang des „Harrods" in der Hans Road

standen zwei Säulen, auf denen Feuer in Schalen flackerte.

Das Zeichen für exklusive Kunden, die eine Sonderführung bekamen. Und die Möglichkeit zu einem wahren, individuellen Shopping-Vergnügen.

Das „Harrods" befand sich schon lange nicht mehr in den Händen der Familie Al-Fayed.

Statt den Ägyptern waren nun die Kataris Eigentümer des berühmten Kaufhauses.

An der Schwelle stand Abu-Sajeff, Direktor des „Harrods".

Natürlich gehörte das Warenhaus nicht ihm persönlich, sondern dem katarischen Staatsfonds. Doch Abu-Sajeff verfügte über ein beträchtliches Privatvermögen, ohne dass man überhaupt nicht in die Nähe einer solchen Position käme.

„Herzlich willkommen, mein Freund Sergeij!"
Selbstverständlich kannte man sich. Die
Londoner Milliardärszene war klein und
elitär.
Die beiden küssten sich auf die Wange,
sowohl bei Arabern wie Russen üblich.
„Und, wo bleiben meine Manieren, herzlich
willkommen, geschätzte Frau
Papadopoulos."
Trotz seiner Weltgewandtheit hatte sich
Abu-Sajeff beim Üben des Namens fast die
Zunge gebrochen.
Er hielt den speziellen Gästen die Türe auf.
Im Inneren standen zehn weitere
persönliche Begleiter, die durch die
einzelnen Abteilungen führten und dafür
sorgten, dass es den erlesenen Besuchern
an nichts fehlte.
Champagner und Kaviar zur Begrüßung
gehörten zum Standardprogramm.
„Darf ich Madame unseren Verkaufsleiter
vorstellen? Er wird Sie als Erstes in die
Abteilung Damen-Designer begleiten."
Es war der Traum jeder Frau – und auch
vielleicht vieler Männer, die aber wohl eher
die Abteilung „Zigarren" und „Whisky"
bevorzugt hätten. Der begehbare Humidor

des „Harrods" war unter Aficionados weltberühmt.

„Es macht Ihnen bestimmt nichts aus, wenn ich Sergeij kurz entführe?"

Aber Eleni stand schon auf der Rolltreppe vollkommen verzückt von diesem einmaligen Erlebnis.

Wolkov und Abu-Sajeff fuhren mit der Rolltreppe ins Souterrain. In den Rauchersalon.

„Eine Cohiba, mein Freund?"

„Gerne. Was hast Du auf dem Herzen?"

Wolkov setzte sich in den Ledersessel und genoss das unvergleichliche Aroma einer handgedrehten, kubanischen Zigarre.

„Ich – und meine Freunde – müssen unbedingt wissen, wie weit das Projekt Mykonos gediehen ist. Seit unserer Besprechung sind zwei Monate vergangen."

Wolkov lächelte.

„Hör zu. Ein solcher Plan erfordert genaueste Vorbereitung. Und zwar zu eurem Schutz, wie auch meinem. Dafür steht zu viel auf dem Spiel. Wir werden in den nächsten Tagen nach Mykonos fahren, um die abschließenden Vorbereitungen zu treffen.

Danach werde ich persönlich den Circle unterrichten. Es läuft alles exakt nach Plan."
Abu-Sajeff schaute zwar noch skeptisch, war aber deutlich beruhigter als vorher.
Kein Araber traut einem Russen.
Aber Wolkov würde garantiert nicht so dumm sein, den Circle hinters Licht zu führen. Man würde ihm jeden Körperteil einzeln abschneiden. Nicht auf einmal, sondern jeden Tag ein anderes. Er soll ja nicht sofort sterben, sondern möglichst lange leiden.
In der Beziehung kann man sich auf die Drogenbarone Mexicos verlassen. Diesbezüglich waren sie Profis.
Aber Abu-Sajeff beschloss, dem Circle vorzuschlagen, Wolkov nicht mehr aus den Augen zu lassen.

17

Mykonos

Kommissar Paul Pandis saß auf seinem
Balkon in Kalafati. In diesen Momenten war
er versöhnt mit dieser Insel. Der Blick aufs
Meer, Surfer, die mit dem strammen Wind
kämpften.
Angelos lag neben ihm im Liegestuhl und
döste vor sich hin. In Retro-Shorts. Sonst
nichts. Grundgütiger.
Am Morgen hatte ihn Nikos angerufen und
mitgeteilt, Angelos möge am Abend am
Hafen sein. Mit der Abendfähre käme der
Technikwagen.
Aber bis dahin war noch Zeit.
Angelos. Ursprünglich Angelos 2.
Der etwas seltsame Name Angelos 2 rührte
vom Morgenröte-Fall her. Damals hatte
Nikos zwei Scharfschützen im Schlepptau,
die beide Angelos hießen. Also
nummerierte Pandis sie und der Name
blieb. Angelos 2 und seine Treffsicherheit
hatten bei der Morgenröte den Ausschlag
gegeben. Und außerdem hatte er sich
prompt in den Barkeeper im Tropicana
verliebt. Mykonos eben. Und wenigstens ein

positiver Effekt dieser Mordserie damals, dachte Pandis.

Und jetzt ist er Angelos 1.

Meiner.

„Schau mal nach draußen!"

Dort stand ein schwarzer Kombi mit schwarzen Scheiben.

„Nikos hat mir etwas Spielzeug mitgegeben. Wollen wir uns kurz im Wagen umsehen?"

Er öffnete die Hecktüre und – schon war man im 22. Jahrhundert. Eine fahrbare Kommandozentrale mit Dutzenden von Bildschirmen. Eine Seite war komplett bestückt mit Waffen.

„Gatlin-Guns. Ich glaub´ ich spinne", sagte Pandis verblüfft.

„Seit wann kennst Du Dich mit Waffen aus?", fragte Angelos.

Er ging nach vorne.

„Hier haben wir einen Nachtsicht-Screen. Wenn wir den Wagen nah genug platzieren, können wir den Wasserraum um die Yacht überwachen. Oder wir schaffen den Kombi auf ein Schiff. Die Bedienung der Waffen übernehme ich und einer Deiner Kollegen!"

„Das übernimmt Giorgos. Der kann schießen, im Gegensatz zu mir!"
Die beiden lachten.
„Dann habe ich noch ein paar Wanzen, obwohl man sie heute nicht mehr so nennen sollte. Es sind biometrische Sender, die man auf die Haut aufträgt. Nikos meinte, Du solltest dem Russen und Deiner Ex-Frau auf die Schulter klopfen!"
„So etwas gibt es wirklich?"
„Lieber Paul, geh´ immer davon aus, dass alles, was Du bei Bond oder Kingsman siehst, bereits überholt ist."
Pandis schüttelte den Kopf.
„Und die Polizei hat nicht einmal genug Benzin!"
„Das ganze Zeug haben wir von den Amis. Wir könnten uns das nicht leisten!", meinte Angelos lächelnd.
„Du kannst also den Veranstaltern sagen, dass für die Sicherheit gesorgt ist. Allerdings solltest Du die Herkunft verschweigen!"
„Kein Problem. Ich sage einfach, ich habe die Geräte von meiner Versicherung!"
Beide lachten.

18

„Da wäre noch etwas", sagte Angelos.
Nikos meinte, es müsse etwas faul sein,
nachdem er einen Anruf aus der
Abhörstation in Athen bekam.
Einer der Staatssekretäre hatte ein
Telefonat mit Deinem Russen. Und es war
nicht Deine Frau!"
„Ihr hört die eigenen Staatssekretäre ab?",
fragte Pandis erstaunt.
Angelos war noch viel erstaunter.
„Was glaubst Du denn? Die meisten
Sauereien passieren in der Regierung und
zwar egal in welcher. Außerdem ist es
einfacher, als alle verdächtigen Ausländer
oder die ganzen Botschaften und
Konsulate zu überwachen."
„Wenn das die Steuerfahndung wüsste,
würden die sofort auch so eine Ausrüstung
wollen."
Angelos lachte.
„Das würde aber der Regierung nicht
gefallen – und den Geheimdienstchefs
wahrscheinlich auch nicht. Deswegen
gibt´s da keine Hilfe."
„Aber zurück zu dem Telefonat. Wolkov hat
mit dem Staatssekretär über den Erwerb

einer Glücksspiellizenz gesprochen. Was es kosten würde und wie es abliefe. Mehr wissen wir noch nicht, denn man vereinbarte ein persönliches Treffen. Die nächste Kontaktaufnahme erfolgte aber nicht per Telefon. So konnten wir das Gespräch der beiden nicht aufnehmen. Wir wussten nicht, wo es stattfindet. Und für eine Rundüberwachung des Staatssekretärs fehlte uns das Personal."

Klar, dachte Pandis, für eine 24-Stunden-Überwachung brauchst Du mindestens 12 Personen, wenn du keine Ortung hast.

Eine Glücksspiellizenz?

Was sollte das mit dem Zaren-Ei zu tun haben?

Pandis konnte sich keinen Reim darauf machen.

19

Eleni, Pandis und Aris saßen In Agios Stefanos beim Essen. Angelos bekam kurz vor der Abfahrt noch einen Anruf von Nikos und wollte nachkommen.

Pandis hatte mit Absicht ein einfaches Restaurant gewählt, einfach um seine Ex-Frau zu ärgern.
„Das ist aber sehr bescheiden hier",
war auch ihr erster Kommentar.
Treffer! Gut gemacht, Pandis.
„Ich denke, Dein neuer Freund sorgt für genügend Luxus in Deinem Leben.
„Stimmt. Stellt Euch vor, vor drei Tagen hat er das „Harrods" sperren lassen, nur damit ich ungestört einkaufen kann. Ich, ganz alleine im besten Kaufhaus der Welt!"
Sie hatte sich nicht geändert.
Geld und Luxus – schon war sie glücklich. Es ging noch weiter mit der Schilderung von Exklusiv-Events der Londoner High Society.
„Und wie lange glaubst Du bleibst Du seine Auserwählte?"
Die Frage konnte sich Paul nicht verkneifen.

„Nur kein Neid. Da ich nicht verliebt bin, rechne ich mit allem. Aber bis dahin nehme ich so viel mit wie möglich mit!"

Das war seine Frau. Wie sie leibt und lebt.

„Hoffentlich versenkt er Dich nicht in einem Betonfass in der Themse!"

„Das hättest Du wohl gerne!"

Kein schlechter Gedanke.

Aris ging dazwischen.

„Findet Ihr das nicht langsam lächerlich? Zwei Erwachsene, die sich einmal geliebt haben und jetzt kein freundliches Wort mehr füreinander übrighaben."

Betretenes Schweigen.

„Du hast recht, lass uns über dieses blöde Ei sprechen."

„Paul!"

„Gut, über das Ei."

In dem Moment betrat Angelos das Restaurant. Paul stand auf und die beiden küssten sich.

Angelos gab Aris und Eleni die Hand.

„Hallo, ich bin Angelos. Darf ich Paul kurz nach draußen entführen?"

Er ließ sich absolut nichts anmerken. Aber sobald die beiden im Freien waren, sah Paul, dass Angelos furchtbar wütend war.

„Was ist mit Dir, Großer?"

Und wie immer, wenn er etwas auf dem Herzen hatte, holte Angelos tief Luft. Zeit zum Nachdenken.

„Ich bin stinksauer. Stimmt es, dass Du Nikos gebeten hast, mich in den Innendienst versetzen zu lassen? Wie konntest Du? Ich liebe meinen Job. Halt Dich da raus, verflucht. Du wusstest, wer ich bin, als Du mit mir ins Bett gegangen bist. Oder war Dir das damals nicht so wichtig, wer ich bin und was ich mache? So eine Art Experiment?"

Er bebte vor Wut.

Und Pandis stand wie schockgefroren da. Wie konnte Angelos so etwas sagen?

Stille. Pandis holte tief Luft und es gelang ihm, die aufkommenden Tränen zurückzuhalten. Ein Rest Stolz trotz „Angelos-ist-Gott-Modus".

„Ich habe Nikos nicht gefragt. Und das ist die Wahrheit. Was Du sonst noch gesagt hast, kann ich einfach nicht glauben."

„Was ist die Wahrheit, Paul?"

„In Bezug auf den Job oder auf das, was Du gerade sonst gesagt hast?"

„Beides, Paul, beides!"

„Ich habe mit Nikos über den Einsatz gesprochen und dass ich froh bin, dass Du nicht wegmusst. ER hat mich gefragt, ob es mir besser ginge, wenn Du im Innendienst bleiben würdest. Und ich habe ja gesagt, weil ich Angst um Dich habe. Aber ich habe ihm gesagt, dass nur Du das entscheidest, nicht ich. Auch wenn ich jedes Mal vor Angst sterbe. Wenn Dich das überhaupt interessiert. Und Du weißt, dass ich Dich von der ersten Minute an geliebt habe. Mehr kann ich dazu nicht sagen. Du entscheidest, ob Du mir glaubst."

Pandis hätte heulen können.

Angelos stand nur da. Und dann erlebte Pandis zum ersten Male, dass Angelos die Tränen kamen. Er ging auf Paul zu, nahm seinen Kopf in die Hände und küsste ihn so heftig, wie seit ihrem ersten Mal nicht mehr.

„Verzeih mir. Ich glaube Dir. Ich habe gedacht, Du hintergehst mich. Du glaubst immer, dass Du mich mehr liebst als ich Dich. Aber das stimmt nicht. Ich kann es nur nicht so zeigen, wie Du es Dir wünscht."

„Du zeigst mir mehr, als ich je erlebt habe. Ich dachte, dass dieses Herzflattern irgendwann einmal weniger wird. Aber es wird eher mehr. Trotzdem habe ich Nikos wirklich nicht um Deine Versetzung gebeten. Und ich würde es NIE von Dir verlangen!"

„Es tut mir leid. Zumindest sind wir beim Heulen jetzt quitt."

Er lachte und weinte zugleich.

„Und jetzt lass uns eine Minute warten, damit ich nicht verheult ausgerechnet vor deiner Ex erscheine!"

Pandis nahm Angelos einfach in die Arme und hielt ihn fest.

„Was zum Teufel findet diese Schnitte an meinem knorrigen und faden Ex-Mann?"

„Er liebt ihn wirklich. Und Paul ist wie verwandelt. Angelos hat alles aus ihm herausgeholt ..."

„... was ich nicht geschafft habe. Verstanden. Danke für das Kompliment!"

„Eleni, so habe ich es nicht gemeint. Versuch doch, Dich für Paul zu freuen!"

Eleni schaute skeptisch.

„Aber das ist doch verrückt. Was will ein 28-jähriger von unserem Paul?"

„Das könnte nur er Dir erklären. Aber wenn er es nicht ernst meinen würde, hätte er ihm nicht öffentlich einen Antrag gemacht! Ich habe auch zuerst gedacht, dass es für

Angelos nur ein Abenteuer ist, aber ich muss sagen, ich habe mich geirrt."
Aris erzählte ihr die Geschichte vom Hochzeitsantrag im Flughafen.
„Wow. Der Traum jeder Frau!"

20

„Du bist also der Zauberer, der aus einem faden Griesgram einen liebenswerten Menschen gemacht hat. Respekt! Und meinen Glückwunsch!"
Angelos lächelte und Pandis wartete auf Elenis Nachtritt. Aber es kam keiner. Offensichtlich hatte Aris die Zeit genutzt, um Eleni einzuorden.
„Er hat abgenommen, seine Falten im Gesicht sind weg – dafür habe ich eine Menge Geld bezahlt. Und seine Augen leuchten richtig. Jetzt sag bloß nicht, dass er auch noch Sport macht!"

„Ja, aber einen neuen!", meinte Angelos trocken.

Paul und Aris prusteten los.

„Danke, das reicht! Wirklich kein Interesse mehr an Frauen?", fragte Eleni Angelos.

„Überhaupt nicht. Ich habe Paul. Mehr brauche ich nicht! Und daran wird sich auch nichts ändern. Du darfst uns also alles Gute wünschen!"

Und das tat sie zu Pauls Überraschung.

„Also Eleni, hör zu: Die Absicherung an Bord ist Eure Angelegenheit. Wir übernehmen die Sicherung des Hafens und die Überwachung von See her!"

„Gut, ich hoffe alles ist in den Händen von Profis!"

Den besten, die man haben kann, du blöde Kuh!

„Selbstverständlich."

„Es ist Dir klar, dass das Ei nicht versichert ist. Das übernimmt keine Versicherung, solange keine Expertise vorliegt."

Pandis lächelte.

„Das ist mir klar, obwohl ich nicht verstehe, warum Dein Freund das noch nicht in Auftrag gegeben hat!"

„Nun, ein Milliardär hat nun mal mehr zu tun als Du!"

„Gelbe Karte, Eleni!", warf Aris ein.

„Paul hat wirklich alle Strippen gezogen." Eleni schmollte. Zurechtweisungen war sie nicht gewohnt.

„Noch Eines. Sergeij will, dass der Shuttle vom Neuen Hafen startet, nicht vom alten und nicht von der Promenade."

Das brachte Pandis aus dem Konzept. Will man größtmögliche Publicity, so veranstaltet man die Show doch am bestmöglichen Platz. Die betuchten Gäste sollten doch mit Luxus empfangen werden und dann das Shuttleboot zur Ausstellungsyacht betreten. Kameras, Fotografen, Fackeln, Musik und was sonst noch dazugehört. Der beste Platz war zweifellos die Uferpromenade.

„Vom neuen Hafen? Das macht doch keinen Sinn!"

Eleni seufzte.

„Das weiß ich selber, Paul. Ich habe es auch Sergeij erklärt. Aber er besteht auf dem neuen Hafen!"

„Aber das ist kein Ort für ein exklusives Schauspiel. Hafenanlagen, Autos und

Fähren. Von der Stadt sieht man fast gar nichts", sagte Pandis.

„Himmel, das weiß ich selber. Ich kenne Mykonos. Aber er will das so. Entweder Neuer Hafen oder kein Ei. So einfach. Glaub mir, ich habe es versucht."

Gut, es ist nicht mein Event, dachte Pandis.

„Für Dich ist es doch egal. Die Absicherung ist im Neuen Hafen einfacher zu bewerkstelligen, oder etwa nicht, Paul?"

Pandis nickte.

Natürlich.

„Eingezäunt, abends fast leer, außer den Kreuzfahrtpassagieren, aber die boarden im hinteren Bereich."

Hatte er gerade boarden gesagt? Jetzt fange ich auch schon mit diesen blöden englischen Ausdrücken an. Pandis hasste sie. Der Laptop ist ein Schenkelaufsatz... Seine Gedanken schweiften ab.

„Also Neuer Hafen, bitte schön!"

Pandis stimmte zu.

„Dann noch etwas, Eleni. Ich habe hier Seekarten dabei. Der Ankerplatz ist eingezeichnet, etwa 800 m vom Ufer entfernt, sowohl von Mykonos, als auch von Delos. Weit genug, um einen Angriff zu stoppen. Nicht zu weit, dass das Schiff nicht in schweren Seegang kommt. Der Ankerplatz ist mit der Marine abge-sprochen."

„Mit der Marine? Ich bin erstaunt. Seit wann hast Du solche Beziehungen?"

Pandis schwieg.

Er konnte ja nicht sagen, dass es in Wirklichkeit eher der Geheimdienst war, der mithalf. Und das als persönlicher Gefallen. Wichtiger war jedoch, dass Pandis, Hafenmeister und Angelos einen Platz gewählt hatten, der tatsächlich weit genug weg lag.

Der sich aber gleichzeitig über einer Untiefe befand. Keine 30 Meter Tiefe.

Und das sollte später von entscheidender Bedeutung sein.

21

In der folgenden Nacht tat Angelos alles, um seine Entschuldigung auch körperlich deutlich zu machen. Er führte Paul an Grenzen, die der bis dahin nicht kannte. Immer, wenn die Wellen der Erregung den Höhepunkt zu erreichen drohten, schaltete Angelos einen Gang zurück. Und begann von vorne.

Mein Gott, dachte Pandis in der einen Sekunde, in der er zum Denken kam. Was alles ging nur 53 Jahre an mir vorüber. Was habe ich für ein Glück! Das Gegenstück – die Angst – war wie weggewischt. Dann erfasste die nächste Welle Paul und trug ihn nach oben.

Am nächsten Morgen lag Angelos wie tot auf seiner Hälfte des Bettes. Pandis legte sich auf ihn.

„Bitte nicht schon wieder", murmelte Angelos.

„Keine Sorge. Ich will nur ‚danke' sagen. Das war phänomenal. Ich liebe Dich, aber nicht nur deswegen", flüsterte Pandis seinem erschöpften Partner ins Ohr.

„Das will ich auch hoffen. Selbst nach den schlimmsten Einsätzen war ich nicht so fertig wie jetzt", brummelte Angelos.
„Das aber war mal ein sinnvoller Einsatz", flüsterte Pandis ihm ins Ohr.
„

22

Nischni Nowgorod

Am selben Tag begab sich das Ei auf die Reise. Vier verschiedene Gruppen, bestehend aus Priestern und Mönchen, verließen Nischni Nowgorod am 08. Juni. Auf vier verschiedenen Wegen, mit dem Zug, per Auto, per Schiff und mit dem Flugzeug, machten sich die kleinen Reisegesellschaften auf den Weg nach Odessa.

Nur eine der Gruppen hatte das Ei bei sich. Unter dem Schutz der orthodoxen Kirche Russlands stehend, würde es nicht einmal die brutalste Fraktion der Russenmafia wagen, die Reisenden zu überfallen und das Ei zu rauben.

Die Macht der Kirche war im neuen Russland ohne Grenzen.

Nachdem die Gruppen – nicht über-raschend – Odessa unbeschadet erreichten, verteilten sie sich auf vier verschiedene Boote. Eines fuhr nach Sewastopol, das zweite nach Constanza, das dritte nach Trabzon und das vierte nach Istanbul. Zumindest wiesen dies die Dokumente der Hafenbehörde aus.

In Wahrheit steuerte das dritte Schiff die Mitte des Schwarzen Meeres an. Dort wartete es auf Besuch.

Mit leichter Verspätung erreichte die Yacht „Priscilla" die Stelle mit den übermittelten GPS-Daten.

„Gott schütze Sie, Sergeij!", begrüßte ihn der Pope. „Passen Sie gut auf das Ei auf. Es muss in die Hände des Zaren übergehen. So hat es Ihr Großvater verfügt."

„Pawel Alexandrowitsch, ich habe dem Patriarchen versprochen, dass das Ei am 25. September in Moskau sein wird. Dort, wo es schon immer hingehört hat. Damit es das ganze russische Volk sehen kann!"

Die Übergabe dauerte aus Sicherheitsgründen nur wenige Minuten.

Das eine Boot fuhr planmäßig zum Schein weiter nach Trabzon.

Die Yacht hingegen ging auf südlichen Kurs.

Zielhafen: Mykonos.

Dort sollte es am 15. Juni der Öffentlichkeit präsentiert werden.

Sergeij war hochzufrieden.

Es war nun einmal ein Unterschied, ob man das Ei auf einem Bildschirm zu sehen bekommt, oder es in den eigenen Händen halten kann.

Er setzte sich in den großen Ledersessel und wickelte das Ei aus dem roten Satinstoff.

Er war geblendet von der Schönheit der Preziose.

Ein goldenes Ei, verziert mit einem Lorbeerkranz, für den Sieger des Krieges, den Zaren.

Daran glaubte zwar 1918 weder Fabergé noch der Zar, der ohnehin nicht mehr lange leben würde, aber die Hoffnung stirbt zuletzt.

Wie jedes Ei, ließ sich auch dieses öffnen.

Im Inneren sah Sergeij eine kleine, weiße Taube, die sogar ihre Flügel schwang.

Als Zeichen für den ewigen Frieden nach dem furchtbaren Krieg.

Furchtbar naiv.

23

Mykonos

Wie schon im Ferrari-Fall, so wählte Pandis auch dieses Mal Aris´ Autovermietung als Kommandozentrale. Am oberen Rand von Tourlos gelegen, hatte man einen perfekten Blick auf den Hafen und etwa ein Kilometer südlich lag die Stadt. Und auch der Liegeplatz der „Priscilla" war perfekt einsehbar, samt den nahen Gewässern. Der Kombi des EYP stand direkt am Zaun. Alle Geräte waren getestet und funktionierten. Nikos hatte noch ein Patrouillenboot von Frontex abgezogen. Deren Schiffe waren technisch auf dem höchstmöglichen Stand, denn sie mussten auch in der Dunkelheit die kleinen Boote der Schleuser orten können. Wer immer sich also der Yacht von See näherte – die Frontex-Besatzung würde sie entdecken. Die Überwachung des Hafens würden Pandis und Angelos übernehmen. Bei einem Zwischenfall wären sie innerhalb einer Minute unten. Im Hafengelände befanden sich noch zwei Mann aus Pandis´ Truppe.

Mehr konnte man nicht machen, nicht mit den bescheidenen Mitteln, die der Polizei Mykonos zur Verfügung standen. Ohne die Hilfe von Nikos wäre sowieso gar nichts gelaufen, dachte Pandis und war dankbar. Er wusste, an dem ganzen Zinnober war etwas faul, aber noch hatte er keinerlei Ahnung oder Idee.

Warten.

Warten auf den ersten Hinweis, der alles ins Rollen bringen würde.

Sein Leitspruch lautete: Warten, Pandis!

24

Pandis stand vor dem Gebäude der Hafenverwaltung und starrte fassungslos auf die Menge an Besuchern, die der feierlichen Eröffnung der Ausstellung beiwohnen wollten. Selbst die Küsten- und die Umgehungsstraße waren schwarz vor lauter Menschen. Gut, ein Feuerwerk zieht immer die Massen an, aber das könnte man sich auch aus der Ferne ansehen. Und das Ei befand sich auf der Yacht, es wurde lediglich ein Bild auf einer Großleinwand gezeigt. Da die wenigsten der Anwesenden 800 Euro für den „Blick auf das Ei" bezahlen wollten, blieb die Frage: Was wollen die alle hier?

Ein Blick auf die Reichen.

Das war Pandis´ einzige Erklärung. Geld und Luxus zogen Menschen an wie das Licht die Motten. Unfassbar.

Auf der Bühne standen der Bürgermeister, Wolkov und natürlich Eleni.

Im Rampenlicht. Sie würde in allen Society-Magazinen zu sehen sein. Damit wäre Ihr weiterer Weg vorgezeichnet. Selbst wenn die Beziehung mit Sergeij enden sollte, gäbe es bestimmt genügend Interessenten.

Pandis wäre nicht für 1000 Euro auf die Bühne. Selbstdarstellung war seine Sache nicht. Er war keineswegs fehlerfrei, aber sein Geltungsdrang war limitiert.

Ruhe war sein wichtigstes Gut. Und dieses Getöse rund um das Ei störte die Ruhe empfindlich.

Er lief nach hinten, um dem Lärm (und der Selbstbeweihräucherung der Beteiligten) zu entgehen.

Aber er kam vom Regen in die Traufe. Dort standen die Hoteldirektoren Trapani und Lekkas. Beide strahlten, als würden sie Werbung für Zahnbleichungen machen.

„Ah, der Herr Polizeipräsident! Sehen Sie, mit gutem Willen lässt sich alles regeln!", meinte Lakkas.

Ohne meine Beziehungen wäre das einzige Ei, das ihr sehen würdet, in eurer Küche zu finden sein.

„Sie wissen doch: sind die Herren Hoteliers glücklich, bin ich es auch!"

Pandis´ Stimme triefte vor Sarkasmus.

„Das glaub´ ich Ihnen gerne. Aber im Ernst, Pandis. Alle 5-Sterne-Hotels der Insel sind restlos ausgebucht und das bis Mitte September. Fast alles Russen! Es lief genauso wie geplant. Und auch wenn Sie vehement dagegen waren, hat mir Ihre Frau gesagt, dass Sie dann doch alles getan haben, um die Ausstellung zu ermöglichen."

„Ex-Frau bitte. Und ich hoffe, ich bekomme dafür den Goldenen Löffel der Hotellerie Mykonos!"

Trapani und Lekkas lachten. Selten hatte er die beiden so entspannt gesehen.

Geld macht offensichtlich doch glücklich.

Zumindest, wenn man Hotelbesitzer war. Aber selbst Aris war hocherfreut. Er hatte in seinem Autoverleih keinen einzigen Wagen mehr stehen. Bis Mitte September waren alle Fahrzeuge ausgebucht. Er brauchte nur abzukassieren. Wenn Pandis das hochrechnete und mit seinem Gehalt verglich …

Da kann man verstehen, dass so mancher Beamter der Versuchung erliegt und sich einen Zusatzverdienst verschafft.

Korruption bekämpfen sollte immer zuerst damit beginnen, die kleinen Angestellten im öffentlichen Dienst besser zu bezahlen. Zum Beispiel meine Polizisten, die 680 Euro im Monat bekamen. Dabei kostet die Miete für eine billige Wohnung in Ano Mera mindestens 400 Euro. Eine Familie konnte man davon nicht ernähren. Ohne die Hilfe der Eltern waren viele Menschen nicht mehr lebensfähig.

Pandis beschloss, zu Aris´ Autoverleih nach oben zu gehen. Die gut 80 Meter Höhenunterschied machten Pandis – als überzeugtem Nichtsportler – schwer zu schaffen. Bei der Sportprüfung für Polizisten, die alle drei Jahre anstand, war er das letzte Mal durchgefallen. Seit er Polizeipräsident wurde, war er von der Prüfung befreit.

Wenigstens ein positiver Effekt dieses nutzlosen Titels.

Er ging japsend über den Hof zu dem schwarzen Kombi.

„Puuh. Dieser Berg!"

Angelos lachte.

„Du solltest wie ich jeden Morgen acht Kilometer laufen!"

„Das wäre mein sicherer Tod. Da trink ich lieber fünf Espressi. Aber ich glaube mich zu erinnern, dass Du heute Morgen nicht gelaufen bist. Kann das sein?"

Pandis grinste.

„Ja. Die acht Kilometer habe ich gestern im Bett eines Sexmonsters zurückgelegt. Das muss reichen!", entgegnete Angelos.

„Und das Sexmonster ist Dir dafür mehr als dankbar."

„Du willst also damit sagen, ich sei der Beste?"

Stichwort Pandis.

„Oh ja. Aber nicht nur deswegen."

Paul küsste Angelos auf den Kopf.

„Wie gerne ich das höre", sagte Angelos lächelnd.

„Das Schlimmste daran ist, dass es auch noch stimmt. Ich danke Gott, so es ihn denn gibt, dafür …"

„…dass ich Dich damals geküsst habe. Aber mir geht es genauso. Wir sind *beide* glücklich, nicht wahr?"

„Oh ja."

Pandis nickte.

„Auch wenn ich überhaupt keine Lust habe – zurück zur Arbeit. Funktioniert hier alles?"

„Ja. Alles im Griff. Hast Du die Wanzen montiert?"

„Klar."

Da Pandis als Sicherheitschef die Yacht

Inspizieren musste, war es ihm ein leichtes, die Geräte auf dem ganzen Schiff zu platzieren. Natürlich nach der Inspektion auf genau diese Geräte hin.

Angelos ging die einzelnen Wanzen durch. Es waren deutlich Stimmen zu hören. Die Wärmebildkamera funktionierte ebenfalls. Von draußen hörte man lautes Krachen. Das 100.000-Euro-Feuerwerk hatte begonnen.

Morgen Vormittag um 11.00 Uhr würde die Ausstellung dann richtig beginnen. Mit dem Shuttle – dem Seabus – würden dann jeweils 20 Besucher pro Fuhre zur Yacht gefahren.

Abends ab 21 Uhr würden dann die Gäste für das Package kommen.

Ei plus Candlelight-Dinner plus Cocktail-Empfang.

Gott sei Dank habe ich abgesagt, dachte Pandis und verzog sich nach Hause.

Mist. Wegen diesem blöden Ei müssen ich und Angelos abwechselnd Wache schieben. Keine gemeinsamen Nächte. Ich bringe die dumme Kuh um.

25

Die ersten drei Wochen ereignete sich nichts. Zumindest hatte er Angelos nach einer Woche nach Hause beordert.
Seitdem übernahmen Giorgos und Yannis die Schichten. Angelos war hin- und hergerissen. Einerseits wollte auch er nach Hause, andererseits war ihm nicht wohl dabei, denn der Kombi gehörte dem Geheimdienst und Nikos wäre bestimmt nicht begeistert, wenn er erführe …
„Angelos, die beiden werden doch wohl auf einen Bildschirm schauen können!"
Obwohl sich Pandis da nicht sicher war.
„Aber Nikos …", wandte Angelos ein.
„Der weiß, dass ich es nicht aushalte, wenn wir uns nur zwischen Tür und Angel sehen. Er glaubt ohnehin, wir kämen aus dem Bett nicht raus und dass unsere Beziehung nur darauf beruht."
„Damit tust Du ihm unrecht. Aber weil wir gerade beim Thema sind …",
Angelos lächelte.
Schon vor der letzten Silbe war Paul auf dem Weg nach oben.
Er hatte Sex in einem Kombi satt.

Trotz des hohen Preises besuchten viele Gäste die Ausstellungsyacht. Abends war es lediglich immer eine Gruppe von 12 bis 16 Personen, die am Abendprogramm teilnahm.

Die Medien berichteten ausführlich über das Ereignis. Und natürlich war auf jedem zweiten Foto Eleni zu sehen.

Sie hatte sich erfolgreich vor jede Kamera gestellt. Sobald es irgendwo ‚klick' machte, war sie auf dem Sprung.

Aber was soll´s, dachte Pandis. Bisher habe ich meine Ruhe.

Nur eine Stunde später war es mit der Ruhe vorbei.

Angelos war am Telefon.

„Paul! Einsatz. Einer der Seabusse ist gekentert. Den Passagieren ist nichts passiert. Aber das ganze Hafenbecken ist voller Geld. Und Hunderte springen ins Wasser und sammeln es ein. Ich brauche Verstärkung."

„Bin schon unterwegs."

Und wie so oft, dachte er über die Meldung zunächst nicht nach.

Bringt nichts. In zehn Minuten habe ich die Fakten. Wozu jetzt rätseln?

Er fuhr die Umgehung zum Hafen hinunter und da sah er es: im Licht der Hafenscheinwerfer sah er eine Fähre, einen umgekippten Seabus und Gewusel im Hafenbecken. Es sah aus wie das Füttern im Fischteich. Brodeln und Schäumen. Menschen.

Als er zum Rand des Hafenbeckens lief, kam ihm Giorgos schon entgegen.

„Wie die Tiere, Chef!"

Pandis schaute nun genauer hin. Das ganze Becken war voller Geld. Und voller Menschen, die sich teilweise um ihre Beute prügelten.

„Was ist passiert?"

Giorgos schüttelte den Kopf.

„Dieser Trottel vom Seabus ist losgefahren, kurz nachdem die Fähre gewendet hatte. Muss ein Neuer sein. Der wusste offensichtlich nichts von den Bugwellen beim Anlegen. Tja, als ihn die erwischt haben, geriet der Seabus ins Schlingern. Vier Personen gingen unfreiwillig von Bord samt, na ja, samt dem hier!"

„Was ist mit den Passagieren?"

Alle nass, Chef!"

Pandis zog die Augenbrauen hoch.

Der Scherz war zwar gut, aber ihm waren Informationen wichtiger.

„Keine Verletzten. Ein Russe, eine Ukrainerin und zwei Emiratis. Der Bootsführer und zwei Frauen konnten sich an Bord halten.
Sie sitzen alle im Hafengebäude vor dem Heizlüfter. Der Russe und der ein Emirati toben aber, denn das Geld ist wohl ihres. Wir sollen alles absperren und jedem das Geld abnehmen."

Ganz bestimmt, dachte Pandis.
Warum nimmt man zu einem Dinner solche Mengen Geld mit?

„Giorgos, bring mir das Megafon. Wenn es funktioniert!"

„Klar Chef, wir haben ein neues…"

„… von Angelos 2. Dachte ich mir schon."

„Allerdings nur geliehen, hat er gesagt."
Aber nur vielleicht.

Pandis stellte sich auf einen Betonblock.

„Liebe Fischer. Hier spricht die Polizei. Sie verlassen umgehend das Hafenbecken. Der Hafenmeister hat am Hafeneingang Feuerquallen gesichtet."

Urplötzlich setzte wieder Gebrodel ein. Die ganzen Geldsammler schwammen in Richtung der Treppen.

„Sieh mal an. Wie schnell die schwimmen können!"
Pandis lachte.
„So Giorgos, Du machst Folgendes. Und frag nicht, warum. Das mag ich nicht. Meldung über Facebook und den ganzen Krampf. Plus Pressemitteilung an alle Medien, die Du im Verteiler hast.
‚Ein Hafen voller Geld. Boot gekentert, zehn Verletzte, zwei vermisst, 50 Millionen Euro im Meer, Tausende springen ins Wasser. Und Du garnierst das Ganze mit Fotos. Langt das Licht?"
Giorgos schaute verdattert.
„Das ist nicht das Problem. Aber der Rest. Das sind keine Tausend Menschen und garantiert keine 50 Millionen Euro."
„Ja und? Es wird so gemacht, wie ich sage. Wenn Du es verstehen würdest, wärst Du Polizeipräsident!"
Das tat Pandis umgehend leid. Aber warum konnte nie jemand das tun, was man ihm sagt?
Ohne zu fragen.

Die Pressemeldung sollte größtmögliches Aufsehen erregen.

Nicht wegen der Publicity. Pandis hoffte, einige Leute aufzuschrecken.

Er ging hinüber zur Hafenverwaltung.

Es bot sich ihm ein urkomisches Bild.

Mehrere Menschen rangelten um den besten Platz vor den zwei Heizgeräten.

Kaum im Gebäude, blaffte ihn der Russe an.

„Haben Sie nicht mehr von den Dingern?"

Hochrotes Gesicht.

„Nein. Die braucht man bei 30 Grad selten. Das Trocknen von Schwimmern ist nicht Aufgabe der Hafenverwaltung."

Pandis wusste, dass das Meer kühl war.

Die Ägäis nun mal keine Badewanne.

Zu viele kalte Strömungen und der kühle Nordwind macht das Baden nicht immer zum Vergnügen.

Vor allem nicht in Abendrobe.

Und wenn man ein paar Millionen „verloren" hat.

„Saustall", pöbelte der Russe weiter.

Pandis verließ den Raum, kam am Sicherungskasten vorbei und drückte den Schutzschalter.

In einem Saustall gibt es auch keinen Strom, dachte Paul.

Er fuhr aus dem Hafen hinaus und hoch zu Angelos, der auf Aris´ Hof stand.
„Hast Du mir auch was mitgebracht?"
Er lachte.
„Ist schon Weihnachten, mein Bester?"
Pandis setzte sich auf den Bürostuhl im hinteren Teil des schwarzen Kombis.

„Willst Du die Aufnahmen des Unfalls sehen? Der Bootsführer muss ein Volltrottel sein."
Pandis schüttelte den Kopf.
„Der Unfall interessiert mich nicht. Wir müssen ab morgen Nacht aufpassen. Ich denke, da kommen einige Dinge in Bewegung. Sag auch den Kollegen auf See Bescheid! Und wir gehen nach Hause!"

26

Kaum zuhause setzte sich Angelos an den Küchentisch.

„Wir müssen etwas besprechen, Paul. Nichts Schlimmes, im Gegenteil!"

Pandis setzte sich, aber ihm war trotzdem nicht wohl.

„Du kennst mich, Paul. Ich mag es gerne direkt. Ich möchte mit Dir ein Haus bauen. Hier auf Mykonos."

„Angelos, das ist eine tolle Idee – aber wie soll das gehen bei meinem Gehalt?"

„Das geht ganz einfach. Erstens verdiene ich gut und gebe fast nichts davon aus. Zweitens hatten meine Eltern Geld beiseitegelegt für einen Hausbau für den Fall, dass ich heirate. Na, und das ist jetzt passiert. Und bitte erspare mir jetzt den Spruch ‚Das kann ich nicht annehmen'. Dafür sind wir beide zu intelligent."

Pandis war sprachlos. Fast.

„Es geht noch weiter, oder?", fragte er.

Angelos lächelte.

„Mein schlauer Ehegatte. Ich weiß, wie Du leidest, wenn ich fort bin. Es klingt jetzt blöd, aber ein ehrlicheres Zeichen für Liebe gibt es nicht. Dennoch: ja, ich könnte einmal bei einem Einsatz sterben."

„Darüber will ich nicht …"

„Klappe, Paul. Zuhören!"

„Das Haus wird zur Hälfte Dir gehören. Damit Du abgesichert bist, für den Fall meines Todes."

Pandis Lähmung wurde stärker. Vor lauter Rührung kamen ihm die Tränen – zum hundertsten Male, seit er Angelos kannte. Nie aus Ärger. Immer aus Freude oder Rührung.

Angelos nahm Pandis´ Hand.

„Ich liebe es, wenn Du weinst. Dann weiß ich immer, dass ich etwas richtig gemacht habe. Sag jetzt einfach ja, bitte!"

Paul schluckte.

„Aber wir werden kein Grundstück finden, dass wir – oder besser Du – bezahlen kannst. Die Preise sind astronomisch. Aber es bleibt ein schöner Traum!"

Angelos Lächeln zeigte ihm, dass er falsch lag.

„Ich habe bereits ein Grundstück. Aris verkauft mir einen Teil des Hofes seiner Eltern. Dort lebt nur noch die Mutter und für die reicht das kleine Haus. Und der Preis ist wirklich fair!"

Und wieder war Paul sprachlos. Aris wusste
es?

„Und sei jetzt nicht sauer. Er musste mir auf
die Bibel schwören, nichts zu sagen. Und Du
weißt, dass …"

„… er sehr religiös ist. Du bist …"

„Ja. Jetzt sag es schon: Ich bin der Beste!"
Bitte zwick mich jemand. Das alles kann
nicht wahr sein.

„Ich liebe Dich mehr als Du ahnst, Angelos!"

„Ich weiß, wie sehr Du mich liebst. Und ich
versuche Dir immer zu zeigen, dass ich Dich
nicht weniger liebe. Für den Fall, dass Du
noch zweifeln solltest!"

„Nein, Angelos. Ich zweifle nicht mehr. Ich
bin nur noch glücklich – und manchmal
baff."

„Und ich liebe dieses Gesicht, dass Du
dabei immer machst!"

22

Pandis und Angelos saßen auf seiner
Terrasse und blickten aufs Meer.
Ein Haus. In Tourlos. Es klang noch immer
nach einem Traum.

Plötzlich hörten sie ein Martinshorn.
Die Polizei? Meine Polizei?
Wo fahren die hin? Vielleicht ein Einbruch in
einer der Villen in Kalo Livadi?
Aber das Martinshorn wurde lauter.
Was war hier in Kalafati passiert?
Und es waren zwei Martinshörner? Beide
Wagen im Einsatz?

Als die beiden Polizeiwagen – und ein
weiteres Fahrzeug – direkt vor seinem Haus
hielten, war er vollkommen verwirrt.
Was ist hier los?
Er sah Giorgos aussteigen.
Dann sah er Aris, der dem dritten Wagen
entstieg.
Oh Gott, irgendetwas Furchtbares musste
passiert sein. Pandis hasste Überraschungen
wie die Pest. Überraschungen bedeuten
Unruhe. Nichts Gutes.

Er öffnete die Türe.

Giorgos und Aris sahen aus, als wäre die Welt untergegangen.

Aris hatte sogar verweinte Augen.

Was war passiert?

Es war Aris, der den nötigen Mut aufbrachte.

„Paul. Setz dich bitte."

„Ich will mich nicht setzen. Was zum Teufel ist los?

Die anderen zwei sahen sich betreten an.

„Eleni", sagte Aris.

„Was ist mit ihr? Was hat sie wieder angestellt?"

Aris atmete tief ein.

„Sie wird nie mehr wieder etwas anstellen. Sie ist tot."

Dann gingen bei Pandis die Lichter aus.

27

Er lag auf dem Sofa und war wie gelähmt.
„Vor einer Stunde rief Wolkov bei der Polizei
an und meldete, dass er Eleni tot
aufgefunden hatte. Ich habe ihm gesagt,
dass er nichts anfassen soll, bis wir
eintreffen", erklärte Giorgos.
„Hast Du einen Arzt geschickt?", fragte
Pandis.
„Nein. Wolkov meinte, der Körper sei schon
eiskalt. Nur noch ein Fall für Katsakis!"
Katsakis.
Der Pathologe.

Angelos sah Pandis fragend an.
„Paul, sollen wir die Ermittlungen
aufnehmen?" Er sah dabei zu Giorgos.
„Ich könnte es verstehen, wenn …"
Pandis stand auf, war aber in einem
Paralleluniversum.
„Nein. Ich bin der Kommissar, das ist meine
Aufgabe! Aber ihr könnt mir gerne helfen!"
Aris nahm ihn in den Arm und fing an zu
weinen.
Pandis selber war wie in Watte gepackt.

28

Es muss eine Art Selbstschutz sein. Das
Gehirn schaltet manche Bereiche einfach
ab.
Vor ihm lag die Leiche seiner ehemaligen
Frau. Sicher, er war entsetzt. Aber er
verspürte keinen Drang zu weinen. Wie
unter Valium stand er in der Koje auf der
Yacht.
Die Leiche wies keine sichtbaren
Verletzungen auf. Eleni schien zu schlafen.
Nur etwas bleich war sie.
Wolkov war ebenfalls weiß wie ein Blatt
Papier. Ob aus aufrichtiger Trauer oder
wegen der unangenehmen Begleit-
erscheinungen, konnte Pandis nicht sagen.

„Eleni ist gestern gegen halb eins in unsere
Schlafkoje gegangen."
Die „Schlafkoje" war größer als manche
Suite in einem Luxushotel.
„Ihr ging es gut. Wir haben noch kurz
gesprochen, dann ging sie schlafen.
Ich wollte sie nicht wecken, also habe ich
mich um drei in die Gästekoje verzogen.
Als sie heute Morgen um 10.00 Uhr noch
nicht aufgetaucht war, habe ich nach ihr

gesehen. Und da lag sie. Zunächst dachte ich, sie schlafe nur fest. Aber der Körper war schon unnatürlich kalt. Und als ich die Halsschlagader abgetastet habe, war mir klar, dass …"

„Chef, der Anruf kam um 10.32 Uhr", ergänzte Giorgos.

Noch immer war Pandis zu keiner Reaktion fähig.

„Gut, die Yacht bleibt bis auf Weiteres gesperrt. Auch abends. Ich denke, Sie brauchen ohnehin etwas Ruhe zum Trauern, Herr Wolkov."

Wahrscheinlich beträgt die Trauerzeit bei Wolkov zehn Minuten.

„Und ich benachrichtige Katsakis", sagte Pandis und verließ die Yacht.

29

„Katsakis."

„Pandis."

Stille. Dann Seufzen.

„Na, ich war ja schon länger nicht mehr auf Mykonos. Was ist es diesmal? Eine Leiche auf einem Kran? Oder ein einbetonierter Russe?"

Pandis holte tief Luft.

„Bitte heute keine Scherze. Die Leiche ist weiblich, an einem Stück – und es ist meine Ex-Frau."

Er legte auf.

30

Gianluca saß auf Platz 17c in der Ryanair-Maschine nach Athen.

Nur schnell weg.

Das Handgepäck war nur Tarnung. Ohne alles hätte man auch ein Schild mit der Aufschrift „VERDÄCHTIG" hochhalten können.

Aber er war sich nicht sicher, ob ihm die Flucht helfen würde.

Er hatte es verbockt.

Und seine Auftraggeber mochten keine Fehler.

Kurz überlegte er, ob er von Athen aus nicht woanders hinfliegen sollte als geplant.

Aber es gab keinen Ort, an dem man sicher war.

Oh, Mann!

Alles lief wie am Schnürchen.

Den Barkeeper der „Priscilla" hatte man außer Gefecht gesetzt. Der Kapitän lief Amok, weil die Abendveranstaltung ohne Cocktails nicht denkbar war. Und der hatte eine Heidenangst vor seinem russischen Boss.

Und so war der Kapitän sehr dankbar, als ihm Hoteldirektor Trapani mit seinem Barmann aushalf.

Die Security im Hafen machte keine Probleme. Sie hatte Anweisung, den dringend benötigten Barmann an Bord zu lassen. Für eine genaue Personen-überprüfung war keine Zeit.

Und oberflächlich war bei ihm alles in Ordnung. Es hätte Tage gedauert, um auf Ungereimtheiten zu stoßen.

Auch an Bord lief alles glatt für Gianluca. Er war ausgebildeter Barmann und hatte zehn Jahre im besten Hotel Neapels gearbeitet.

Die Gäste auf der Yacht waren begeistert. Gegen 23 Uhr hatte er die kleine Ampulle geöffnet und den Inhalt in das Whiskyglas gefüllt.

Als er es der Zielperson reichen wollte, schob sich diese dumme Kuh dazwischen, schnappte sich das Glas und trank es leer. Das Ganze dauerte keine zwei Sekunden. Und er hatte keine zweite Ampulle.

Drei Stunden bis zur Wirkung.

Er konnte die Yacht noch problemlos verlassen. Bis zur Entdeckung würde es noch dauern. Vermutlich nicht vor dem späten Vormittag.

Die Partys gingen bis spät in die Nacht. Gott sei Dank hatte er den 6.50 Uhr-Flug gebucht.

Und Ryanair war ausnahmsweise pünktlich. Aber seine Probleme waren damit nicht vorbei.

Er hatte die falsche Person vergiftet.

Die eigentliche Zielperson lebte noch.

Und Gianluca hatte das Gefühl, dass sich dadurch sein Leben verkürzen würde.

31

„Ich fühle gar nichts."
Pandis saß in Aris´ Hof auf der Mauer.
Er hatte Giorgos beauftragt, Katsakis vom
Flughafen abzuholen und zur Yacht zu
bringen.
„Paul, das ist nicht unnormal. Beim Tod
meines Vaters konnte ich auch nicht
weinen. Zwei Wochen danach bekam ich
dann plötzlich Heulkrämpfe. Jeder reagiert
anders."
„Ich sollte in Tränen ausbrechen. Sie war
meine Frau. 25 Jahre haben wir Tag für Tag
zusammenverbracht. Und irgendwann muss
ich sie ja geliebt haben. Obwohl ich mir da
nicht ganz sicher bin. Es war bei Eleni nie
auch nur entfernt so wie bei Angelos. Da
liegen Welten dazwischen.
Himmel, lass es wenigstens keinen Mord
sein!"
Aris schüttelte den Kopf.
„Warum sollte es Mord sein? Du hast doch
die Leiche gesehen. Da war gar nichts."
„Aris, eine Frau Mitte vierzig, scheinbar
kerngesund, stirbt einfach so? Auf der
Yacht eines russischen Milliardärs?"
„Aber er schien wirklich betroffen!"

Da war sich Pandis nicht so sicher.

„Auch wenn sie mich regelmäßig zur Weißglut gebracht hat, kann ich mir noch gar nicht vorstellen, wie es ohne sie sein wird."

„Langweiliger", meinte Aris. „Ich mochte sie sehr."

„Ich weiß, mein Freund. Das Schlimmste wird die Beerdigung. Ihre Eltern machen mir schon jetzt Vorwürfe. Ich hätte sie besser bewachen sollen. Als wären wir noch verheiratet. Hätte sie nicht in London sterben können? Ist doch wahr."

„Entspann Dich, Paul. Ich bin bei der Beerdigung dabei und werde verhindern, dass Du Papa Eleni an die Gurgel springst."

„Guter Plan."

„Und Angelos wird Dir genügend Kraft geben!"

Zum ersten Male an diesem Tag lächelte Pandis ein wenig.

„Du wusstest von dem Hausbau?"

Aris wurde verlegen.

„Ich konnte es …"

Pandis unterbrach ihn.

„Geschenkt, Aris. Was hältst Du davon?"

„Der Junge macht sich wirklich Gedanken um Dich. Das beeindruckt mich. Ich hätte so etwas nie erwartet. Es ist äußerst großzügig und zeigt, dass er Dich liebt. Hör auf zu zweifeln, Paul. Sonst machst Du alles kaputt!"

Die Türe des Kombis ging auf und Angelos kam heraus.
„Paul? Kommst Du mal? Ich muss Dir etwas zeigen!"
Paul stand mühsam auf und ging zum Wagen.
„Setz Dich. Ich habe mir die Wärmebilder angesehen. Es scheint alles zu stimmen."
Er deutete auf den Bildschirm.
„Sie geht allein in die Koje und legt sich hin. Und bleibt liegen bis 10.08 Uhr. Erst dann kommt eine zweite Person. Wolkov, der sie entdeckt. In der ganzen Zeit war keine zweite Person im Zimmer. Es deutet also nichts auf Mord hin. Aber: schau jetzt genau hin. Nachdem Wolkov im Zimmer war, kamen noch weitere Personen. Wahrscheinlich seine Security. Plötzlich verlassen alle fünf das Zimmer, gehen in den großen Salon, stehen dort kurz und gehen dann alle nach draußen. Und alle gehen zur Reling, zwei Steuer-, drei Backbord!"

Angelos hatte recht.

„Und was haben die da gemacht?"

Angelos grinste.

„Ich würde sagen, man hatte es eilig, etwas zu entsorgen."

Stimmt wieder. Nur was?

„Gott sei Dank hast Du bei der Festlegung des Ankerplatzes darauf geachtet, dass er über einer Sandbank liegt."

Dunkel konnte sich Pandis erinnern.

„Dann sollten wir …"

„… ein paar Taucher schicken. Ich habe die Jungs vom Frontex-Boot schon angefunkt. Sie haben zwei Taucher an Bord und 40 Meter sind kein Problem, sagen die."

„Danke Dir, Angelos. Du musst die nächsten Tage für mich mitdenken. Ich bin von der Rolle."

„Genau dafür bin ich da."

„Immerhin zeigen die Bilder, dass Eleni höchstwahrscheinlich nicht ermordet wurde. Es war ja keiner in ihrer Nähe. Außer sie wurde vergiftet. Alles andere ist auszuschließen, ja. Warten wir, was die Taucher finden", meinte Angelos.

„Nochmals danke."

Pandis verließ den Wagen.

Angelos rief ihm hinterher: „Aber bleib in der Nähe. Lange werden die Taucher nicht brauchen."

Pandis ging noch einmal zurück.

„Angelos, sag´ den Tauchern bitte, sie sollen noch Folgendes machen..."

Angelos starrte Paul an.

„Wird erledigt. Verstehe ich zwar nicht, aber ich bin auch kein Polizeipräsident."

32

„Paul. Die Taucher sind wieder oben!"
Es hatte doch gut zwanzig Minuten
gedauert, denn die Männer auf dem Boot
hatten die Objekte etwas weiter vom Boot
weggeworfen. Und auch auf einer
Sandbank muss man erst suchen.
Dennoch: nur 200 Meter weiter wäre der
Meeresboden auf über 800 Meter
abgefallen. Für Taucher waren 400 Meter
die absolute Tiefe.
Rund um die Yacht waren es 40.

Pandis hatte sich auf die Couch in Aris´
Büro gelegt. Es war doch alles etwas viel für
ihn. Kurzzeitig dachte er, er habe alles nur
geträumt.
Wie in Trance lief er zu Angelos´ Wagen.
Der saß vor den Bildschirmen.
„Was zum Teufel ist das?"
Pandis setzte sich neben ihn.
Die Taucher hatten mehrere schwarze
Kästen aus dem Wasser geholt. Aber durch
die Bewegungen konnte keiner erkennen,
was es für Kästen waren.

„Sie sollen einen Kasten säubern und dann von allen Seiten fotografieren und uns schicken."

Angelos funkte das Patrouillenboot an.

Es dauerte zehn Minuten, bis die Fotos da waren.

„Sieht aus wie eine Art Drucker", meinte Angelos.

Pandis starrte auf die Fotos.

Was zum Teufel ist das?

Es konnte ja kein Zufall sein, dass Wolkov die Geräte ins Wasser schmeißen ließ.

Und zwar sechs Stück davon.

Pandis wusste, dass die Dinger einen entscheidenden Hinweis geben würden.

„Angelos, die sollen den Hafen ansteuern und uns eines der Geräte an Land bringen. Ich muss das Ding sehen können. Die Fotos helfen mir nichts.

Er fuhr hinunter zum Hafen und wartete auf das Boot. Einer der Männer brachte ihm den Kasten.

„Ihr habt den zweiten Auftrag auch nicht vergessen?"

Der Mann lächelte.

„Keine Sorge. Alles erledigt."

„Ich danke euch. Ihr seid hinterher alle eingeladen. Auf meine Kosten."

Kaum gesagt, bereute Pandis sein Versprechen.

„Wieviel Mann seid Ihr?"

Der Mann lachte.

„Das wird bezahlbar. Wir sind nur zehn!"

Pandis lief zum Wagen und fuhr zurück.

Im Kombi packte er das Gerät aus der Decke.

„Was ist das?", fragte Angelos erneut.

Dann fiel bei Pandis der Groschen.

Gott sei Dank funktionierte das Gehirn noch.

„Wo kann ich hier ins Internet?"

Angelos gab ihm ein I-pad.

„Wo sind denn die Tasten bei dem Ding?", fragte Pandis gereizt.

„Ach, Paul, wischen!"

Wischen? Wird alles immer blöder.

Als Pandis endlich bei Google gelandet war, dauerte es nur eine Minute.

Lächelnd sagte er:

„Das, mein lieber Angelos, ist eine Kartengeber-Maschine!"

33

„Giorgos, bitte sag Katsakis, er kann die Leiche mit dem Hubschrauber nach Athen bringen, Wir zahlen. Und bitte ihn, sie morgen früh zu obduzieren. Sag ihm, dass ich sonst einen Mörder laufen lassen muss.15.00 Uhr ist der späteste Zeitpunkt.

„Oh je, Chef. Ich kannte den ja bisher nicht näher. Also freundlich ist der nicht."

„Giorgos, wenn Du den ganzen Tag in Gedärmen stecken würdest – gepaart mit Kot und Urin, dann wärst Du auch nicht freundlich. Aber wenn Du möchtest, kann ich gerne nachfragen, ob Du ein Schnupper-Praktikum machen kannst!"

„Neeiinn. Bin bedient. Ich sage es ihm." Katsakis würde toben. Deswegen schaltete er sein Handy aus. Man muss nicht immer erreichbar sein.

Derweil tranken Angelos und Aris in dessen Büro Espresso. Dann kam noch Pavlos dazu.

„Ok. Bitte alle zuhören. Und möglichst wenig fragen. Ich kann noch nicht alles erklären. Dazu fehlen mir noch ein paar Stücke.

Ich hoffe, dass mir Katsakis morgen um 15.00 Uhr das Obduktionsergebnis liefert. Egal, wie es ausgeht, wir gehen um 16.00 Uhr an Bord. Angelos, bitte sag den Kollegen auf dem Boot Bescheid, dass sie bereit sind zum, äh, … entern!"

„Eine Frage erlaubt?", meinte Angelos.

„Klar."

„Wolkov wird verhaftet, egal, ob es nun Mord war oder nicht, vermute ich. Soll ich mit an Bord oder mich auf die Lauer legen?"

Die Frage war berechtigt, denn Angelos war im Grunde genommen Scharfschütze.

„Ich brauche Dich an Bord. Wenigstens einer sollte schießen können. Ich kann es bekanntlich nicht."

Aris und Angelos lachten.

„Was passiert mit dem Ei?", fragte Aris.

„Das Ei? Nun, ich denke, das nehmen wir mit! Noch eins: Elenis Leiche ist mittlerweile weg. Angelos, bitte sag Wolkov Bescheid, dass er morgen wieder öffnen kann. Ich möchte ihm keinen Grund liefern, verschwinden."

„Das kann er doch ohnehin nicht", sagte Angelos.

Pandis grinste.

„Nein. Aber das weiß er nicht."

34

In dieser Nacht holten ihn die Erinnerungen ein. Seine Versuche, einzuschlafen, wurden immer wieder unterbrochen.

Bilder von der Hochzeit. Bilder aus den Flitterwochen. Und er merkte, dass ihm Tränen kamen.

Endlich.

Er hatte schon befürchtet, emotional verkrüppelt zu sein. Er wandte dieselbe Methode an, die ihm über die ersten schwierigen Wochen nach der Trennung geholfen hatte. Bilder von hässlichen Auseinandersetzungen, Bilder von seiner oder ihrer Wut.

Besonders hilfreich war ihm ein Bild seiner Schwiegereltern, denen er nie gut genug war. Dann schlief er ein.

Am meisten half ihm in diesen Tagen Angelos. Er sagte nicht viel. Er nahm ihn einfach immer wieder in den Arm. Es war wie eine Kraftübertragung aus einem Science-Fiction-Film.

Einen Wunsch hatte er aber: bitte lass es keinen Mord sein

35

14.47 Uhr.

Das kleine Einsatzkommando, bestehend aus Pandis, Angelos und Giorgos, saß im Kombi in Tourlos, hoch über dem Hafen.

Pandis´ Telefon brummte.

„Katsakis. Mein Beileid, Paul. Du hättest gestern selber kommen können. Soviel Taktgefühl hätte ich schon gehabt, dass ich in dem Fall ausnahmsweise keinen Tobsuchtsanfall... Du weißt schon."

„Es war nicht wegen Dir. Ich war vollkommen von der Rolle. Danke, dass Du Dich um alles gekümmert hast. Ich hoffe, Du hast gute Nachrichten?"

Katsakis lachte.

„Entschuldige. Gute Nachrichten von einem Pathologen? Was soll das sein? ‚Tolle Neuigkeit für Sie: Ihr verstorbener Mann lebt doch noch! Er hat heute Morgen plötzlich gerülpst!'??"

Wobei man sagen muss, dass Tote mitnichten still sind. Da pfeift und knarzt es. Aber Katsakis entschloss sich, dies nicht weiter auszuführen.

„Es ist seltsam, Paul, und ich weiß, es hilft Dir nicht weiter. Ich kann Dir nicht definitiv sagen, ob Eleni ermordet wurde. Leider kann ich aber auch nicht sagen, dass sie eines natürlichen Todes gestorben ist."

Pandis war perplex. Gibt es eine Zwischenstufe? Ein bisschen ermordet? Damit hatte er nun nicht gerechnet. Es brachte seine ganzen Pläne durcheinander!

Himmel, Katsakis.

„Es gibt keinerlei Anzeichen für Gewalteinwirkung. Bliebe bei Mord Gift: Fehlanzeige. Bisher. Alle habe ich noch nicht durch. Aber auf der anderen Seite finde ich keinerlei Hinweise auf einen natürlichen Tod. Organe alle in Ordnung. Arterien sauber. Ich habe selbst das Hirn entnommen. Kein Schlaganfall, nichts."

Hirn entnommen?

Bei der Vorstellung, wie Katsakis Elenis Schädel auffräst und das Hirn herausschabt, kam Pandis das Frühstück wieder hoch.

„Ich habe noch einige Blutanalysen zu machen, aber die gängigsten Gifte kann ich ausschließen."

Pandis wurde zu einem Unikum.

Ein Kommissar mit Leiche, deren Tod keine Ursache hatte.

36

Pandis war noch immer verwirrt, als das kleine Kommando sich der Yacht näherte. Er hatte gewartet, bis die letzte Gruppe das Schiff verlassen hatte. Dem Hafenmeister hatte er befohlen, keine weiteren Seabusse auslaufen zu lassen.
Das Frontex-Boot hatte sich ebenfalls langsam an die Yacht herangepirscht.

Pandis´ Boot drehte bei und sie gingen an Bord.
Wolkov stand mit verschränkten Armen da.
„Lassen Sie mich raten. Sie verhaften mich jetzt wegen Mordes. Das wird ein Heidenspaß für meine Anwälte!"
Pandis lächelte.
„Nein. Ich wollte Sie nur besuchen. Eine clevere Idee, das muss ich schon sagen. Man beschafft sich durch Bestechung eine Casinolizenz. Dann lädt man einen Kreis Reicher ein, die ein Problem gemeinsam haben: sie alle müssen ihr dreckiges Geld waschen. Und am besten macht man das bei großen Beträgen in einem Casino. Im einzigen Casino der Welt, in dem die Bank keinen Anteil bekommt und den gesamten

umgesetzten Betrag wieder auszahlt. Mit der Zahlbestätigung ist das ganze Geld plötzlich sauber. Natürlich muss alles kameraüberwacht sein und man muss die Kartengebermaschinen sehen können, denn die sind zwingend vorgeschrieben!" Pandis hatte sich zuvor im Casino von Thessaloniki schlaugemacht.

„Und wenn man ein Pokerspiel mit Blinds über riesige Beträge drei volle Monate laufen lässt, kommen riesige Beträge, bestimmt ein paar Milliarden zusammen. Wenn da kein Kommissar wäre, der das ganze nach einem Monat beendet. Das wird den angemeldeten Teilnehmern nicht gefallen. Zumal unter denen ein paar sehr grobe Gestalten sind. Aber das ist nicht mein Problem. Und nun hätte ich gerne die Auszahlungsprotokolle. Ach ja, und dann nehme ich sie fest wegen des Verdachts, Eleni Papadopoulos ermordet zu haben!" Wolkov zögerte einen Moment, dann zog erst er eine Waffe und dann seine Security. „Sie sind verrückt, Pandis. Erstens ist alles legal hier. Zweitens habe ich mit dem Mord überhaupt nichts zu tun. Sie gehen jetzt schön von Bord und fahren zurück in den

Hafen. Und ich bin in zehn Minuten in internationalen Gewässern."

Pandis lächelte.

„Gut, wir weichen der Gewalt. Aber Sie entkommen mir nicht!"

Jetzt lachte Wolkov.

„Ein Dorfpolizist will mich jagen? Da brauchen Sie aber viel Geld für Flugtickets. Und jetzt runter!"

Das Mini-Kommando gehorchte.

Pandis ließ sein Boot hinter dem Frontex-Boot verschwinden und ging dort an Bord.

„Meine Herren, bitte bereithalten! Und das Mikrofon, bitte."

Die Yacht ließ ihre Motoren dröhnen.

Aber sie bewegte sich nicht.

Hektisch liefen Wolkov und der Kapitän nach hinten, um nach der Ursache zu sehen.

Die Schraube war blockiert.

Pandis stand auf dem anderen Boot und lächelte. Der dumme Dorfpolizist hatte durch die Taucher die Schraube blockieren lassen. Damit hatten die Taucher Erfahrung, denn bei Schlepperbooten machten sie mitunter das Gleiche.

„So, Wolkov", dröhnte die Stimme laut über das Meer. „Sie und Ihre Leute schmeißen jetzt alle Waffen über Bord.

Dann stellen Sie sich auf und heben die Hände. Wir kommen jetzt an Bord. Und keine Dummheiten. Wir haben Scharfschützen an Bord!"

Man gehorchte und Pandis sah, wie die Waffen über Bord fielen.

Es funktionierte. Pandis war erleichtert. Damit waren er und vor allem Angelos endgültig außer Gefahr.

Seine Männer gingen an Bord und verhafteten Wolkov und den ganzen Rest.

„Ich verlange zu erfahren, warum ich verhaftet werde!"

„Das habe ich Ihnen vorhin schon gesagt."

„Das ist ein Witz. Das Casino war legal und mit dem Mord habe ich nichts zu tun!"

Im Prinzip hatte er damit recht.

37

„Ich verstehe immer noch nur Bahnhof. Wie kannst Du ihn festnehmen wegen Mordes, wenn Eleni gar nicht ermordet wurde. Und das Casino war laut Dir legal", sagte Angelos.

„Bis zu dem Moment, als er uns mit der Waffe bedroht hat, hatte er tatsächlich nichts Illegales getan. Ich musste ihn provozieren, damit er zur Waffe greift. Jetzt bekommt er zumindest ein Verfahren wegen Bedrohung von Polizisten mit der Waffe. Schade, dass er nicht geschossen hat. Dann wären es mindestens 5 Jahre, so werden es nur drei. Aber immerhin."
„Du hast nur geblufft?", fragte Aris.
„Ja, aber ich dachte mir schon, dass er sich unter keinen Umständen festnehmen lässt. Und viel wichtiger war, dass er diese Listen hier – er zeigte einen Bündel Ausdrucke – nicht im Meer versenken kann."
„Das sind die Auszahlungen, nicht wahr?", fragte Angelos.
„Exakt. Eine Liste all derer, die an Bord des Meeres-Casinos Millionenbeträge gewaschen haben. Die Herren werden sehr

böse werden, wenn sie das erfahren. Ob Wolkov das Gefängnis lebend verlässt, darauf würde ich nicht wetten. Denn die Herrschaften wissen, dass die Listen an die Steuerbehörden gehen. Und die werden fragen, warum die Summen nicht versteuert wurden und vor allem: woher sie überhaupt kamen. Unangenehme Zeiten für die Herren aus diesem Club!
Bisher waren manche sicher nicht auf dem Schirm oder die Behörden konnten ihnen nichts nachweisen."

„Und was passiert hiermit?
Angelos hielt das goldene Ei hoch.
„Das schicken wir nach Athen zur Expertise", antwortete Pandis. „Ob es echt ist oder nicht, ist mir vollkommen egal. Hauptsache, es ist weg!"

38

„Pandis."

„Katsakis. Paul, äh …"

„Lass gut sein, Katsakis, sie ist doch ermordet worden, oder?"

Es war ein ganz leises „Ja" zu hören.

Pandis hatte es die Nacht vorher geträumt, aber gehofft, dass es nur ein Traum war. Katsakis stand vor ihm und sagte ihm, dass Eleni ermordet wurde. Dann wachte er auf.

„Wie?", fragte er den Pathologen.

„Botolin. Aber ohne mich loben zu wollen hätten die meisten Kollegen dies übersehen. Botolin findet sich mitunter schon im Blut, vor allem bei Personen, die Schönheitsoperationen hinter sich haben oder Botox spritzen lassen. Aber es kommt – wie immer – auf die Konzentration an. Der Wert lag viel zu hoch. Das Problem: Botolin ist leicht zu beschaffen. Es wird in jeder Klinik verwendet oder kann leicht im Internet bestellt werden."

„Danke, Katsakis. Gute Arbeit!"

„Ich hoffe, es kommt nicht zu spät?"

„Nein. Es kommt noch rechtzeitig. Danke!"

Ein demütiger Katsakis. Was ist denn hier los?

Pandis ging zum Fenster in Aris´ Büro.

„Eleni ist doch ermordet worden!", sagte er zu Aris und Angelos.

„Waaaaaas? Wie?". Aris war verdattert.

Pandis erzählte ihnen, was er von Katsakis erfahren hatte.

„Aber warum sollte Wolkov sie umbringen?", meinte Angelos.

„Hat er nicht. Es war ein Versehen."

39

„Trapani, Sie sind ein Schwein! Am liebsten würde ich Sie wegen Mordes verhaften und für immer wegsperren lassen!", sagte Pandis wütend.

Er saß im Garten des Metropols und ihm gegenüber saß ein bleicher Hoteldirektor. „Ich habe mich ein wenig umgehört, nachdem das Casino aufgeflogen ist. Sie haben alle anderen Hoteliers heiß gemacht, besonders Lekkas. Und die sind aus lauter Geldgier voll auf die Ei-Idee angesprungen. Und Lekkas hatte die Nummer von Eleni von Ihnen!"

„Ich hatte die Idee zu einer Ausstellung. Ja und? Was soll daran strafbar sein? Wenn dann jemand zufällig zeitgleich ermordet wird, können Sie das kaum mir anlasten!"

„Nein. Sie haben recht. Das ist alles zu dünn. Aber ich kann Ihnen genau sagen, was passiert ist. Als das Boot kenterte und das ganze Geld im Meer schwamm, ist das durch die ganze Presse gegangen. Überall tauchte die Frage auf, woher das Geld kam und vor allem, was es auf einem Schiff und mit dem Ei zu tun hat. Ihre Freunde

haben dann beschlossen, Wolkov zu töten, weil er diese Riesen-Geldwäsche verbockt hat und die Gefahr bestand, dass sie alle auffliegen durch die Auszahlungslisten. Leider hat der Mörder die falsche Person vergiftet, nämlich meine Ex-Frau."
Trapani lächelte.
„Sie sagen es selber, ein Versehen. Aber das Ganze ist ohnehin nur Spekulation."

„Sicher", sagte Pandis. „Ich kann Ihnen nichts nachweisen. Zumal Sie garantiert für ein wasserdichtes Alibi gesorgt haben. Aber: es ist schon auffällig, dass ausgerechnet Sie Ihren Barmann so kurzfristig abstellen konnten, trotz Hochsaison. Wie edel."
Trapanis Lächeln wurde immer selbstgefälliger.
„Und ich bin mir sicher, der Barmann ist seitdem nie wieder in Ihrem Hotel aufgetaucht", sagte Pandis.
„Sie sagen es, Herr Kommissar!"

Und nun hören Sie mir genau zu, Trapani. Ich mache Ihnen das Leben zur Hölle. Ich lasse die Steuerfahndung antanzen und die letzten zehn Jahre aufrollen. Ich lasse abwechselnd die Feuerpolizei und die Lebensmittelüberwachung antanzen. Ich lasse jede Woche den Pool sperren wegen Bakterien, die ich persönlich vorher reinwerfe", sagte Pandis leise und ganz ruhig.

Und noch eins: „Ich nehme an, dass einige Ihrer Milliardärfreunde hinter diesem Hotel stecken, sonst wäre Ihr Engagement nicht zu erklären. Wenn die schon Wolkov töten lassen wollen, glauben Sie nicht, dass Sie der Nächste sein könnten?"

Trapani wurde bleich und sagte nichts mehr.

„Ein Name, Trapani, ein Name!

Rufen Sie mich an. Überlegen Sie es sich."

Pandis stand auf und ging.

Er ertrug diesen menschlichen Abschaum nicht mehr.

Um 18.10 Uhr erhielt Pandis einen Anruf und einen Namen.

40

„Pandis. Hallo Nikos, wie geht es Dir?"
„Hallo, mein Freund. Zunehmend besser,
auch wenn ich ab und zu noch schwanke.
Hat Dir mein Geschenkpaket etwas
genützt?"
„Meinst Du die Technik oder Angelos?",
fragte Pandis und lächelte dabei.
„Beides."
„Ohne hätte ich überhaupt nichts
ausrichten können. Ich habe die
Befürchtung, ohne Dich könnte ich gar
keinen Fall lösen", Pandis war ehrlich.
„Immer wieder gerne."
Pandis war erleichtert. Nikos würde ihm also
weiterhin helfen.
„Die Liste der Casinobesucher mit den
Auszahlungsbestätigungen geht Dir in den
nächsten Tagen zu. Was Du damit machst,
ist Deine Sache, ob Du sie an die
entsprechenden Stellen weitergibst."
Nikos dachte kurz nach. Und Pandis
mochte das. Nicht immer gleich
losplappern.
„Paul, machen wir es so: bei richtigen
Widerlingen informiere ich die Behörden.
Die Anderen würde ich mir gerne

warmhalten. Damit ich in Zukunft den einen oder anderen Gefallen einfordern kann."

Pandis lachte.

„In Ordnung. Bis auf einen. Der Auftraggeber des Mordes an Wolkov, wobei es dann meine Ex erwischte. Die MUSST Du weiterleiten."

Nikos stutzte.

„Aber der saß die ganze Zeit in London und war nie auf Mykonos. Wie kann es von dem eine Auszahlung geben?"

Pandis lachte.

„Indem ich mit einem Blanko-Formular nach Naxos ins Gefängnis zu Wolkov gefahren bin und ihn hab unterschreiben lassen. Im Gegenzug werde ich aussagen, dass er zwar Waffen gezogen hat, aber sie nicht auf uns gerichtet hat. Das spart ihm zwei Jahre."

Nikos war sprachlos.

„Du hast ein Formular gefälscht?"

„Ja. Den eigentlichen Mörder finden wir nie. Und irgendjemand muss dafür bezahlen. Also der Auftraggeber. Und machen wir uns nichts vor. Es war sicher nicht der erste Mord!"

Nikos lachte lauthals.

„Das sind ja Methoden…"

„wie beim Geheimdienst", ergänzte Pandis und lachte.

„Gut. Manchmal muss man etwas nachhelfen. Ich hoffe nur nicht, dass ich politisch gebremst werde. Das kann natürlich passieren. Der MI 6 ist da skrupellos."

„Aber wir haben es dann wenigstens probiert und ich gewinne meinen Seelenfrieden wieder. Ich danke Dir. Wir hören uns! Halt! Warte!"

Pandis holte Luft.

„Ich muss Dir noch dafür danken, dass Du mich mit Angelos zusammengebracht hast. Wenn auch unabsichtlich. Letztlich warst Du es, der für mein Glück gesorgt hat. Und das Neueste: er will für uns ein Haus bauen, hier auf Mykonos!"

Stille.

„Will er kündigen?", fragte Nikos.

„Nein. Er hängt an seinem Beruf. Er wäre nicht mehr er selber. Auch wenn es mich quält."

„Dann vergesst nicht, einen Hubschrauber-landeplatz neben dem Haus zu bauen, dass ich ihn schneller abholen kann."

„Einen Teufel werden wir. Mit viel Glück bekommst Du die richtige Adresse!"

Pandis lachte.

„Sag mal, ich will ja kein Spielverderber sein, aber warst Du in der Zwischenzeit bei Angelos´ Eltern?"

Falsches Thema.

41

Angelos saß zuhause am Küchentisch und sinnierte.

„Was ist mit Dir, Großer?"

Stille.

„Angelos, bitte. Was hast Du?"

Er drehte seinen Kopf und schaute Paul an.

„Ich bin ... verwirrt und entsetzt."

„Was habe ich getan? Bitte ..."

„Ich bin entsetzt über mich. Dass ich nicht verstanden habe, was Du vorhast. Ich hätte es merken müssen. Du hattest einen Plan. Und der hat von vorne bis hinten funktioniert. Das war ... brillant. Nur: ich komme mir vor wie ein Idiot. Ich habe es nicht nur nicht bemerkt. Ich hätte mir so etwas gar nicht ausdenken können. Dabei hielt ich mich immer für schlau. Aber Du schlägst mich um Längen. Ich weiß nur nicht, was ich fühlen soll. Stolz sein auf Dich und Deine Tricks oder niedergeschlagen, weil ich das nicht hinbekommen hätte. Ich bin wohl doch nicht der Beste. Das bist eindeutig Du!"

Pandis setzte sich mit an den Tisch und griff nach Angelos´ Hand.

„Großer. So wie Du Deinen Job hast, in dem

Du gut bist, so habe ich meinen und ich hoffe, ich mache ihn gut. Ich habe getrickst, mich nicht an die Regeln gehalten – nur deswegen hat es funktioniert. Und ohne Dich und Deine Technik wäre gar nichts gegangen!"

Angelos schaute noch immer betreten.

„Meine Technik war Dir sicher eine große Hilfe. Ich eher weniger."

„Hör zu. Müsste ich auf einem Berg sitzen und jemand aus 800 m in den Kopf schießen, ich würde vor Angst sterben, na und treffen würde ich auch nichts. Also!"

Überzeugt war Angelos aber immer noch nicht.

„Ich bin wohl nicht der Helle, für den ich mich gehalten habe."

„Hör auf, bitte. Du bist … Himmel, was glaubst Du, warum ich Dich geheiratet habe? Wegen Deines Körpers? Wegen dem Sex? Nein, obwohl … Was ich sagen will, ist, dass Du alles hast und bist, was man sich wünschen kann. So. Mehr Komplimente fallen mir nicht ein. Du weißt, ich bin da etwas unbeholfen, um es vorsichtig zu sagen. Nikos hält Dich jedenfalls für seinen besten Mann! Und ich nebenbei auch. Soll ich Dir sagen, über was ich die letzten

Wochen nachdenke? Ich weiß gar nicht, ob ich schwul bin. Ich schaue andere Männer nicht an und wenn, finde ich nichts an ihnen. Es ist ganz komisch. Es ist so, als gäbe es eine Art Angelos-Fieber. Und da bin ich bei mindestens 41 Grad. Und das war die längste Gefühlsrede meines Lebens. Du bist klug und schön und ich liebe Dich. Ist sonst noch etwas wichtig?"

Angelos stand auf und nahm Paul in den Arm.
„Nein. Das war die tollste Rede, die ich je gehört habe. Allein dafür muss man Dich lieben!"

42

In der russischen Botschaft in der Nikiforou Litra-Straße herrschte dicke Luft.

Der Herr Botschafter war übelster Laune.

„Ich habe ja nichts anderes zu tun, als einem griechischen Dorfpolizisten Lametta anzuhängen!"

„Exzellenz, Sie wissen, dass es der ausdrückliche Wunsch von Wladimir Alexandrowitsch war!"

„Das Exzellenz können Sie sich..."

Der Botschafter bremste sich noch rechtzeitig. Ganz verderben durfte er es sich nicht mit seinem Legationsrat. So ganz war ihm noch immer nicht klar, wie dieser Emporkömmling auf den Posten hier bei ihm gekommen ist.

„Entweder FSB oder Wladimirs Entourage", dachte Seine Exzellenz.

„Also gut, herein mit dem Mann."

Schlechtsitzender Anzug, dachte der Botschafter, als Kommissar Pandis durch den großen Raum schritt.

„Jassas, Eure Exzellenz."

„Jassas, Herr Polizeipräsident."

Umschalten auf Dauerlächeln. Tägliches Geschäft eines Diplomaten.

„Auf ein Dekret des Präsidenten der Russischen Föderation hin, überreiche ich Ihnen hiermit die höchste Auszeichnung, die ein Nichtrusse erhalten kann, den Goldenen Katharinen-Orden am Band. Herzlichen Glückwunsch, Herr Pandis!"
„Ich danke Ihnen, Herr Botschafter. Ich habe nur meine Pflicht getan."
Da hast Du verdammt recht, dachte der Botschafter. Nicht mal ich habe bisher einen Orden bekommen.
„Sie haben nicht nur einen Betrüger überführt, sondern Russland vor einer Blamage bewahrt. Nicht auszumalen, wenn dieses faule Ei vom russischen Präsidenten in Moskau der Öffentlichkeit präsentiert worden wäre. Die ganze Welt hätte über uns gelacht. Ich darf aber darum bitten, dass Sie nähere Details für sich behalten."
„Selbstverständlich, Eure Exzellenz. Ich habe und werde über diese Angelegenheit nicht sprechen. Ich bin die Verschwiegenheit in Person!"

Was immer das bei einem Griechen heißen mag, dachte der Botschafter.

43

St. Petersburg, 12. Dezember 1918

Großfürst Michael saß in seinem Raucherzimmer. Was hatte er hier für glückliche Zeiten erlebt. Nach einem Galadinner mit dem Zaren traf man sich hier, um bei einer Zigarre zu entspannen. Kein Zugang für Frauen. Ein Ort der Ruhe. Doch bald würde es keine Rauchersalons mehr geben. Es gab ja schon längst keine Zigarren mehr zu kaufen.
Alles geht vor die Hunde.
Und aus diesem Zimmer würde man eine Wohnung für mindestens vier Personen machen. Eine Kommunalka, wie es die Bolschewiken nannten. Wenn man ihn, den Großfürsten, getötet hatte, dann würde man seinen Palast unter den werktätigen aufteilen.
Er machte sich keine Illusionen. Man würde ihn mit Sicherheit töten. Für eine Flucht war er zu alt. Und überhaupt: er war Russe und wollte kein Leben im Exil führen. Er würde bei Mütterchen Russland bleiben, auch wenn das Mütterchen verrückt geworden war.

Aber er musste für seine Familie sorgen. Sie mussten fliehen und das Zeitfenster schloss sich zunehmend.

Großfürst Michael hatte ein großes Problem: er war praktisch bankrott.

Die Sicherheit der letzten Monate hatte Unsummen an Bestechungsgeldern gekostet. Schnell hatte er gelernt, dass es mit den Grundsätzen der Bolschewiki auch nicht weit her war. Sie waren genauso korrupt wie die alten Würdenträger.

Zu seinem Glück.

Aber seine Barmittel waren am Ende und die Flucht seiner Familie würde Geld kosten. Viel Geld.

Da kamen ihm Fabergé und sein Ei gerade recht. Er, Michael, sollte es aufbewahren. Das tat er auch.

Und ließ in der Zwischenzeit eine Kopie fertigen. Der Juwelier seiner Wahl war ihm zu großer Dankbarkeit verpflichtet, denn der Großfürst hatte ihn vor dem Tod bewahrt. Die Bedingung: er musste innerhalb kürzester Zeit eine Kopie des Zaren-Eis fertigen. Hier im Palast.

Nun war es fertig.

Er betrachtete das Ei und war begeistert.
Sicher, Fabergé Senior würde die Fälschung
erkennen, aber sein Sohn sicher nicht.
Der hatte ganz andere Sorgen.
Überleben. Flucht.
Großfürst Michael ging zu seinem Safe.
Und tauschte das echte Zaren-Ei gegen die
Kopie.
„Danke, Genosse Fabergé, dass Du meine
Familie rettest!"
Und morgen würde er dem Trottel Eugene
das falsche Ei unterjubeln.

Das goldene Ei von Mykonos war eine
Fälschung. Das richtige Ei befindet sich in …

44

Sechs Wochen später saßen Nikos, Angelos und Pandis im Da Vinci.

„Ich darf gar nicht an die Beerdigung denken. Ich hätte diesen Vollidioten beinahe umgebracht", sagte Pandis.

„Ja, es kommt nicht oft vor, dass es bei einem Trauergottesdienst in der Kirche zu einer Prügelei kommt", meinte Aris lächelnd. „Gott sei Dank war ich da."

Pandis´ Ex-Schwiegervater hatte doch tatsächlich bei seiner Trauerrede gesagt, dass seine Tochter noch leben würde, hätte sie sich bei der Wahl ihres Ehegatten nicht so vergriffen.

„Ich hätte ihn erschießen können", meinte Angelos.

„Da hättest Du ein gutes Werk getan."

„So, meine Freunde, in zehn Minuten ist es soweit. Der Termin beim Notar steht an", sagte Aris. „Jetzt wird es ernst. Immer noch sicher?"

Angelos lächelte.

„Aris, ich ändere meine Meinung nicht alle zwei Tage. Das weißt Du. Ich kaufe Dein Grundstück, wir bauen ein Haus und Paul wird zur Hälfte Miteigentümer. Basta!"

„Manchmal liebe ich es, nichts zu sagen zu haben!", meinte Pandis lächelnd.

„Das ist sehr großzügig von Dir, Angelos. Mein Respekt vor Dir ist dadurch noch mehr gewachsen", meinte Aris.

Angelos schüttelte den Kopf.

„Das hat nichts mit Großzügigkeit zu tun, sondern mit … „

„Liebe", sagten alle drei im Chor.

Epilog

Der Notartermin war am 10. September 2016.

Zum Hausbau sollte es nicht mehr kommen. Am 14. September wurde Angelos zu einem Einsatz gerufen.
Er starb am 16. September um 21.45 Uhr.

Paul Pandis schoss sich am 17. September um 06.30 Uhr in den Kopf.
Er verschied drei Tage später.

Hinweise

Tatsächlich ist eine Spielbank einer der letzten Orte, in denen Geld legal gewaschen werden kann.

Der griechische Geheimdienst heißt EYP. (Ethniki Ypiresia Pliroforion).

PERSONENREGISTER

Paul Pandis	Kommissar
Giorgos und Yannis	Seine Mitarbeiter
Eleni Papadopoulos	Pandis´ Ex-Frau
Aris	Pandis´ bester Freund
Nikos	Abteilungsleiter beim Geheimdienst EYP
Angelos	Scharfschütze des EYP und Pandis´ Ehemann
Sergeij Wolkov	Russ. Milliardär

GRIECHISCHE BRANDUNG

Der Mykonos-Krimi 1

Es waren noch zehn Meter, zehn endlose Meter.
Hinter sich hörte er heftiges Schnaufen.
Sie kamen näher.
Als er den Hof erreicht hatte, packte ihn eine
Hand am Hemdkragen. Er kam nicht mehr
voran.
Fünf Meter vor dem Ziel.
Plötzlich spürte er einen furchtbaren Schlag von
vorne.

Und er hörte ein Krachen. Nein, er hörte und
SPÜRTE ein Krachen.

In der Regel lautet bei einem Mord die
entscheidende Frage: Wer ist der Mörder?
Nicht so im vorliegenden Fall. Kommissar Paul
Pandis von der Inselpolizei Mykonos quält
zunächst ein anderes Problem: Wer ist das
Opfer?
Als er es endlich herausfindet, ist ihm klar, dass
dies keine normale Ermittlung wird.

JENSEITS VON MYKONOS

Der Mykonos-Krimi 2

Es war vorbei.
Seine Füße begannen zu versagen.

Immer wieder Wasser. Salzwasser. Es rann die
Speiseröhre hinunter und brannte im Magen.
Sehen konnte er auch nicht mehr viel. Das Salz
brannte auch in den Augen.
Er merkte, dass er immer öfter unterging.
Wer hat mich verraten? WER?
Dann kam die Erkenntnis: Es ist egal. Denn Du
bist tot.

Kommissar Paul Pandis steht ratlos in einer
Kunstgalerie.
Auf einer Skulptur, einem blauen Stier, hängt
eine Leiche, der Galeriebesitzer.
Und der war 94 Jahre alt.
Schnell ist Pandis klar, dass hier die
Vergangenheit ihre Schatten wirft.

MYKONOS
LOVE STORY 1

Der Mykonos-Krimi 5

Die brennende Gestalt taumelte und fiel
mit einem Zischen zu Boden.
Ein letztes Stöhnen und es war vorbei.

Kommissar Paul Pandis steht vor einem
Rätsel. Ein gewöhnlicher Buschbrand
entpuppt sich als Doppelmord.
Doch Pandis hat noch ein Problem:
Er hat sich verliebt. In seinen Kollegen
Angelos. Ein Coming-Out mit 53!
Sein Leben wird zur Achterbahn, aber auch
zur glücklichsten Zeit seines Lebens.

MYKONOS LOVE STORY 3

MORGENRÖTE ÜBER MYKONOS

Der Mykonos-Krimi 7

Er lag mit dem Rücken auf etwas und war
gefesselt.
Was war hier los?
Ich bin doch nur ein deutscher Tourist?
Es muss ein Missverständnis sein.
Er konnte sich nur an einen Schlag erinnern.
Dann das große Nichts.
Er hörte Schritte.
„Hellas Heil,
Chrysi Avgi,
es lebe die Goldene Morgenröte!"
Dann hielt einer der Männer seinen Kopf
hoch.
Der Andere rammte ihm zwei dünne,
orthodoxe Gebetskerzen in die Nase.
Kommissar Pandis und die ganze Insel sind
fassungslos angesichts zweier brutaler
Morde. Die Spur führt ihn zur „Goldenen
Morgenröte", einer rechten Splitterpartei.

Für den schwulen Kommissar – und Ehemann Angelos - wird es so richtig gefährlich, denn sie sind die Hassobjekte No.1.

Das zweite Prequel zur „Mykonos Love Story 1".

MYKONOS LOVE STORY 4
PREQUEL 3

MYKONOS SPEED

Der Mykonos-Krimi 8

Gas, Gas!
Der Motor röhrte.
Die Reifen qualmten.
Dann bekamen sie Grip.

Pedal, kein Druck, Erstaunen.
Pedal, kein Druck, Panik.
Dann flog er über das Geländer und
krachte in das Denkmal.
8 Min 42 Sekunden von Ano Mera.
Das war neuer Rekord.
Es war sein letzter.

Kommissar Paul Pandis und Ehemann
Angelos halten es zunächst für einen
Verkehrsunfall. Das Unangenehme: Das

Opfer ist der Sohn des Bürgermeisters. Doch
der Wagen war gestohlen. Und es
Ist beileibe nicht der erste verschwundene
Ferrari auf der Luxus-Insel.